DER TOD, DER MICH LIEBTE

Zum Sterben süß

von Simge Kumlu

Der Tod, der mich liebte – Zum Sterben süß,

Verlag Nürnberger Presse Druckhaus Nürnberg GmbH & Co. KG

Umschlag: Pfeiffer Verlag und Medienservice GmbH & Co. KG,
Midjourney AI

Satz und Druck: ScandinavianBook
Lektorat: Yvonne Durmann

ISBN: 978-3-931683-66-5

PLAYLIST:

Troye Sivan – Angel Baby

ZAYN & Sia – Dusk Till Dawn

James TW – You & Me

A Great Big World – Say Something

Broken Angel (English & Male Version)

EXO-CBX – Paper Cuts

Yaeow – Fade away (Losing you)

Yaeow – Far away from here

NF – Paralyzed

Stray Kids – Waiting For Us

Stray Kids – Silent Cry

Jungkook – Stay Alive

Cha Eunwoo – Don't Cry, My Love

PROLOG

Celestia hatte genug von ihrem Leben.
Das beschloss sie eines Nachts, nachdem sie mehrere Gläser ihres Lieblingsweins getrunken hatte, die ihr nun das Gefühl gaben, als könnte jeder Wunsch wahr werden, den sie in diesem Moment laut aussprach.
Ich muss es mir nur wünschen, dachte sie mit geschlossenen Augen. *Wenn ich es mir wünsche, wird es in Erfüllung gehen.*
Sie wusste nicht, ob der Grund für ihr schreckliches Herzrasen der viele Alkohol war, die Aufregung oder die Angst, die sie bei dem Gedanken an ihren Wunsch verspürte.
Doch dies hielt sie nicht davon ab, die Worte auszusprechen, die ihr diese Angst bereiteten.
Ohne es zu merken, war sie zum Fenster ihres winzigen Wohnzimmers gegangen, hatte die hellgrünen Vorhänge zur Seite geschoben und es geöffnet.
Sie atmete die frische Luft ein, die durch die kalte Nacht strömte, und als sie ihren Kopf weiter aus dem Fenster lehnte, wurde ihr so kalt, dass sie dachte, sie könnte jeden Moment erfrieren.
Doch sie rührte sich nicht von der Stelle.
Die feuchte Luft, die sie prickelnd auf ihrer blassen Haut spürte, die zwar sanft, aber auch erfrischend durch ihre Haare fuhr, ließ sie für wenige Sekunden glauben, sie wäre an einem anderen Ort. In einer anderen Zeit.
Es war nicht so, dass sie Staten Island nicht mochte, aber mit der Zeit hatten die schlechten Erinnerungen den Platz der guten eingenommen.
Orte, die sie gemocht hatte, wurden zu Erinnerungen, die

schmerzten. Anders als früher lief sie durch die Straßen, ohne sich umzuschauen. Denn es gab nichts mehr, was sie sehen wollte.
Nichts, woran sie sich erinnern wollte.
Ihre Mutter hatte immer gesagt, Staten Island sei wie eine Küste, an die man in letzter Sekunde getrieben wurde, kurz bevor man die Hoffnung aufgab und sein Schicksal akzeptierte. Ein Ort, der sich im letzten Moment als Zuflucht entpuppte, kurz bevor man von den tobenden Wellen verschlungen wurde und aussichtslos ertrank.
Es ist ein sicherer Hafen.
Aber Celestia fühlte sich nicht sicher. Jeder Weg, den sie ging, war umhüllt von Kummer und Leid. Von Trauer.
Es war ein trauriger Hafen, beschloss sie. Kein sicherer.
Doch nun blickte sie aus dem Fenster und alles, was sie sah, gehörte zu Staten Island.
Außer wenigen Lichtern, die sie aus weiter Entfernung anstrahlten, gab es nichts, worauf sie ihren Blick hätte richten können, doch aus irgendeinem ihr unbegreiflichen Grund fühlte sie sich hier ihrem Wunsch näher.
„Ich möchte …“, fing sie erst kaum hörbar an und durchbrach die Stille der Nacht. Ihre aufgeregte Stimme klang so leise, dass sie sich fragte, ob sie wirklich gesprochen hatte.
„Ich wünsche mir …“, verbesserte sie sich dann, schlang ihre lange blaugraue Strickjacke enger um ihren schmalen Körper und verschränkte die Arme vor der Brust, um sich zu wärmen. Celestia war zwar schlank, machte aber keinen besonders gesunden Eindruck. Sie wirkte eher kränklich und schwach.
Aber so fühlte sie sich auch.
Schwach. Zu nichts mehr in der Lage. Zu nichts mehr fähig.

Sie war an so einem Punkt angelangt, dass ihr sogar das Atmen schwerfiel. Ja, jeder Atemzug schien zu schmerzen.
Und sie wollte, dass es ein Ende hatte.
Sie blickte geradeaus in die Dunkelheit und sprach diesmal entschlossen mit fester Stimme.
„Ich wünsche mir den Tod", sagte sie. „So schnell es geht. So schmerzlos es geht. Ich möchte nicht mehr hier sein." Sie holte tief Luft, spürte am ganzen Körper ein schmerzendes Zittern und Ziehen, das bis zu ihren Fingerspitzen reichte, und änderte dann ihren letzten Satz.
„Ich möchte nicht mehr sein."
In Wirklichkeit war es keine Entscheidung, die sie an diesem Abend getroffen hatte. Oder vor kurzer Zeit.
Ihr war bewusst, dass es sie mehrere Jahre gekostet hatte, bis sie realisieren konnte, wie unglücklich sie eigentlich mit ihrem Leben war. Und mit sich selbst.
Die Erschöpfung, die sie in all der Zeit mit sich trug, wurde nicht etwa weniger. Mit jedem Tag, der verging, fühlte Celestia, wie ihre Seele mitsamt ihrem ganzen Körper müder und leerer wurde. So, als würde sie kein Herz in ihrer Brust tragen, das fühlen konnte. Sondern, als würde jeder Tag, der mit der untergehenden Sonne endete, nur deshalb vorbeigehen, weil er vergehen musste. Und der nächste Sonnenaufgang, der die Herzen der Menschen mit Hoffnung füllen sollte, war für Celestia nichts weiter als ein Zeichen dafür, dass ein weiterer Tag vergehen würde. Ein weiterer Tag voller Leere.
Und Celestia wollte nicht, dass ein weiterer Tag verging. Kein einziger weiterer Tag.

KAPITEL 1

Mit unerträglichen Kopfschmerzen öffnete sie ihre Augen und erst nach mehrfachem Blinzeln begann sie, langsam wieder klar zu sehen.

Ihr Körper fühlte sich so schwer an, dass es eine Weile dauerte, bis sie es schaffte, auf die Beine zu kommen. Als sie aus dem offenen Fenster blickte, durch das die eisige Kälte in ihr Wohnzimmer hineinströmte, war sie mehr als verwirrt. Sie hätte schwören können, dass es bereits Morgen geworden war, doch draußen war es immer noch stockdunkel.

Es fühlte sich an, als hätte sie unglaublich lange geschlafen, doch anscheinend waren nur wenige Stunden verstrichen, seit sie sich völlig benommen auf ihre tannengrüne Couch gelegt und eingeschlafen war.

Sie strich sich die glatten, karamellfarbenen Strähnen aus dem Gesicht und beschloss, in ihrem Zimmer weiterzuschlafen.

Wenigstens wollte sie es versuchen.

Sie band sich die Haare zu einem Pferdeschwanz, lief dann am Fernseher und am weißen Bücherregal vorbei und betrat die erste Tür.

Eine Tür weiter befand sich das Bad und fast direkt gegenüber die Küche mit der ebenfalls weißen Einbauküche.

Dann zog sie ihre Jacke aus und legte sie auf die freie Betthälfte.

Im Gegensatz zum restlichen Teil ihrer Wohnung bestand ihr Schlafzimmer aus unterschiedlicheren Farbtönen: ihr Bettgestell aus kieferfarbenem Massivholz, die bodenlan-

gen Vorhänge, die mal leuchtend violett waren, aber nun eher einem bleichen Braun glichen, der hellblaue Teppichboden ...
Ein anderer würde ihre Einrichtung und auch Celestia selbst wohl als geschmacklos bezeichnen. Fade.
Doch sie hatte sich über solche Themen nie wirklich den Kopf zerbrochen.
Sie kuschelte sich in ihre schwere Decke und hoffte, sie könnte noch ein paar Stunden schlafen. Wenn nicht, dann würde sie die Kopfschmerzen den ganzen Tag mit sich herumtragen müssen.
Und Celestia hatte genug von den ständigen Kopfschmerzen, die ohne Zweifel eine Nebenwirkung des Alkohols waren, doch hauptsächlich von der Schlaflosigkeit kamen, die sie schon seit einer gefühlten Ewigkeit plagte.
Die wenigen Stunden Schlaf, die sie ab und zu abkriegte, waren nicht gerade hilfreich und sorgten dafür, dass sie sich wie ein Geist fühlte, der leblos umherirrte.
Sie blickte kurz zu der dunkelbraunen Kommode neben ihrem Bett, auf dem sich ein paar Bücher, eine gläserne Nachtlampe, ein Notizbuch sowie haufenweise Schmerz- und Schlaftabletten befanden.
Am liebsten hätte sie eine Schlaftablette geschluckt, doch sie fand nicht die Kraft, den Arm auszustrecken und nach einer Tablette zu greifen.
Celestia war zwar keine Alkoholikerin, aber sie trank ab und zu, damit sie auf diese Weise in den Schlaf gleiten konnte. Es war zwar ein unruhiger Schlaf, doch es reichte, dass es sie wenigstens für ein paar Stunden der Realität entriss.

Kurz bevor sie den Versuch einzuschlafen aufgeben und aufstehen wollte, hörte sie ein Geräusch. Zuerst dachte sie für einen Moment, sie würde sich diesen Ton nur einbilden. Doch als das Geräusch nicht verstummte, wurde sie unruhig und setzte sich langsam mit dröhnendem Schädel auf.
Es war eine Art lautes Rauschen, das sie nicht näher deuten konnte. Es schien aus ihrem Wohnzimmer zu kommen. Doch was konnte das sein?
Das Erste, was ihr in den Sinn kam, war die Küche. Womöglich hatte ein defektes Gerät dieses Rauschen verursacht. Vielleicht war der Abfluss verstopft oder der Ofen spannte?
Oder vielleicht hatte sich der Wasserkocher aus irgendeinem Grund von selbst angeschaltet?
Auch wenn dies nicht besonders viel Sinn ergab und dieses Geräusch kaum einem Wasserkocher ähnelte, konnte sich Celestia nicht erklären, was es sonst hätte sein können.
Also schlüpfte sie in ihre kuscheligen Hausschuhe, zog wieder ihre Jacke an, öffnete die Tür und verließ ihr Schlafzimmer mit gemischten Gefühlen.
Auf der einen Seite hatte sie Angst, das Wohnzimmer zu betreten.
Sie war schon immer sehr ängstlich gewesen und allein zu wohnen, war auch nicht gerade einfach für sie.
Celestia hatte lange Zeit gebraucht, um sich in ihrer Wohnung wohlzufühlen und die ständige Angst abzulegen, die sie in ihren eigenen vier Wänden begleitete.
Auf der anderen Seite war sie noch etwas verwirrt von der Wendung, die die letzte Nacht mit sich brachte.

Sie wollte doch einfach nur ihre Ruhe haben ...
Doch als sie das Wohnzimmer betrat und das Schlimmste, was sie erwartete, eine überflutete Küche war, blickte sie in die Augen eines Fremden.
Ein Mann saß in ihrem Wohnzimmer.
Ein Mann, den sie nicht kannte, den sie noch nie zuvor gesehen hatte.
Er saß mit übereinandergeschlagenen Beinen auf der Couch, auf der sie vor Kurzem noch geschlafen hatte, und er schien weder verwundert darüber, sie zu sehen, noch erschrocken darüber, ertappt worden zu sein.
Der Fremde erwiderte ihren Blick teilnahmslos. Celestia musste sich mit beiden Händen an der Türklinke festhalten, um zu verhindern, dass ihre schwachen Beinen nachgaben und sie auf dem Boden landete.
Seit sie ihn erblickt hatte, war das Rauschen verstummt. Vielleicht hatte sie es sich auch nur eingebildet.
Doch obwohl sie nichts außer diesem Mann vor sich sehen konnte und auch das Licht im Wohnzimmer leuchtete, spürte sie eine unbeschreibliche Dunkelheit, die von ihm auszugehen schien. Eine Dunkelheit, die man zwar nicht sehen, aber mit jeder Faser spüren konnte.
„Bist du immer so gastfreundlich?", fragte der Mann und brach damit die Stille, die zwar nur wenige Sekunden angedauert, sich jedoch wie eine Ewigkeit angefühlt hatte.
Er hatte die dunkelsten Augen, die sie je gesehen hatte. Und tiefschwarzes Haar. Dunkler als die Nacht.
Er trug einen schwarzen langen Trenchcoat über einem ebenfalls schwarzen Kragenpullover, der seine Gesichtszüge scharf wirken ließ.

„Kannst du sprechen?“, fragte er dann neckend, als Celestia zu verstehen versuchte, was sich hier abspielte.
Es muss der viele Wein sein, dachte sie und versuchte, sich davon zu überzeugen, dass es sich bei dieser Person bloß um ein Hirngespinst handelte. Nichts anderes machte Sinn.
„Ich bin kein Hirngespinst“, sagte er dann im nächsten Moment. „Der viele Wein hat auch nichts damit zu tun, dass ich hier bin. Oder sagen wir mal, eher indirekt.“
„Wie können Sie ...? Ich meine, wie ...?“ Celestia fasste sich an die Stirn und versuchte, sich zu beruhigen. Hatte er gerade wirklich ihre Gedanken gelesen? Das war das nötige Zeichen, das sie brauchte, um sich sicher zu sein. Er war wirklich ein Hirngespinst.
„Ich wiederhole mich nur ungern“, sagte er, als würde ihn dieses Gespräch langweilen.
„Wie kommen Sie in meine Wohnung? Sind Sie eingebrochen?“ Im gleichen Moment blickte sie zur Tür, doch es schien alles mit ihr in Ordnung zu sein. Jedenfalls konnte sie keine Anzeichen für einen Einbruch feststellen.
Der fremde Mann schaute sie weiterhin an, doch sagte nichts.
„Wieso sind Sie hier?“, fragte sie. Als sie keine Antwort erhielt, wurde sie lauter: „Gehen Sie! Verschwinden Sie oder ich rufe die Polizei!“
Der Fremde stand abrupt auf, mit beiden Händen in den Hosentaschen, und blickte sie weiter an. Sein Blick war ausdruckslos, was Celestia nur noch unruhiger machte.
Er schien nicht die Absicht zu haben, die Wohnung zu verlassen.

„Für jemanden, dem alles gleichgültig ist, scheinst du doch sehr an deinem Leben zu hängen ..." Seine Stimme hörte sich dunkel an und passte zu seinem düsteren Auftreten. Aber auf eine seltsame Art klang sie auch verlockend, ja fast schon einladend.
„Wie bitte?" Sie konnte nicht fassen, was dieser Mann von sich gab. Träumte sie etwa?
„Das ist kein Traum", beteuerte er.
„Wie können Sie ...? Woher wissen Sie ...? Ich meine, Sie können nicht ..."
„Ich kann mich nicht erinnern, wann ich mich das letzte Mal so unwillkommen gefühlt habe", sagte er und setzte sich schulterzuckend wieder auf die Couch.
„Sagen Sie mir, wie Sie in meine Wohnung gekommen sind!"
Er lachte auf. „Du hast mich gerufen."
„Das muss ein Albtraum sein", redete sie sich ein, ohne den Blick von ihm abzuwenden.
„Das Leben ist ein Albtraum", erwiderte er trocken.
„Na gut", sagte sie, mit den Nerven völlig am Ende, und rieb sich über die Schläfen.
„Wer hat Sie hergeschickt? Wessen Idee war das, ha? Ich bin beeindruckt von der Mühe, die man sich für diese Show gemacht hat. Es ist mitten in der Nacht und irgendjemand war der Meinung, mir ausgerechnet jetzt einen Streich zu spielen? Wie Sie sehen können, finde ich das alles andere als witzig oder amüsant, also bitte, gehen Sie!" Sie verstand selbst nicht, weshalb sie immer noch dastand und mit ihm diskutierte. Auf jeden Fall hatte sie schon viel zu viel Zeit vergeudet und ihm viel zu viel Zeit

gegeben, um sich zu äußern. Aber Celestia musste zugeben, dass sie sich in diesem Moment nicht gerade für zurechnungsfähig hielt.
„Es ist nicht so einfach, einen eingeladenen Gast wieder auszuladen“, gab der Fremde zu bedenken.
„Sehen Sie mich an“, sagte Celestia mit gepresster Stimme und wirbelte mit ihren Händen um ihr Gesicht.
„Kennen Sie mich etwa? Nein! Und ich kenne Sie nicht! Also bitte, bevor das alles noch unschöner wird ...“
„Setz dich erst mal hin, Celestia. Ich möchte mit dir in Ruhe reden.“
Er kannte sogar ihren Namen! Das wurde ihr langsam alles viel zu viel.
„Ich habe einen wirklich harten Tag hinter mir“, sagte sie dann, so ruhig sie konnte, und rieb sich dabei über die Stirn, als würden ihre Kopfschmerzen so verschwinden.
„Ich möchte wirklich keinen weiteren Ärger.“
„Deshalb bin ich hier.“
„Weil ich keinen Ärger möchte?“
„Weil du einen harten Tag hattest. Oder womöglich ein hartes Leben? Ich nehme an, ein einziger Tag ist nicht Grund genug dafür, sich den Tod herbeizuwünschen.“
Celestia atmete auf.
Ich wünsche mir den Tod.
Konnte das tatsächlich sein?
All die Dinge, die er gesagt hatte, die er wusste ... War er tatsächlich hier, um ...
Celestia konnte es nicht glauben.
„Wer sind Sie?“
„Oh, wie ungeschickt von mir“, sagte er und schlug sich

theatralisch mit der flachen Hand auf die Stirn. „Es ging alles so schnell und ehe ich mich versah, war ich hier. Bitte, entschuldige.“ Er streckte ihr die Hand entgegen und um seine vollen Lippen spielte die Andeutung eines Lächelns. „Ich bin der Tod.“

KAPITEL 2

„Also eigentlich würde es sich jetzt gehören, dass du meine Hand schüttelst und dich höflichkeitshalber ebenfalls vorstellst. Du weißt schon: *Hallo, ich bin Celestia, freut mich, dich kennenzulernen!* Und solches Zeug."
Er hatte seine Hand wieder in die Hosentasche gesteckt, als Celestia ihn mit ungläubigen Augen musterte.
„Nun gut, ich werde es dir mal nicht übel nehmen, da ich verstehen kann, dass du ... naja, etwas verwirrt bist im Moment. Also lasse ich dir mal eine Minute, bis du wieder zu dir kommst." Mit einer Geste der Großzügigkeit lehnte er sich zurück, legte die Hände ineinander und wartete.
Celestia saß sich zu ihm und dachte angestrengt nach.
Wie hoch war die Wahrscheinlichkeit, dass sich etwas so real anfühlen konnte, wenn es nicht so war?
Es war nicht das erste Mal gewesen, dass sie so viel getrunken hatte, aber solche Hirngespinste hatte sie sich nie eingebildet. Schon gar nicht welche, die sich so real anfühlten.
Aber wie könnte sie sich davon überzeugen, dass es sich hier um die Realität handelte? Und dass diese Person wirklich der war, der er vorgab zu sein?
Sie warf dem fremden Mann, der vor sich hin grinste, als würde er ihren Gedanken lauschen, einen wachsamen Blick zu.
„Wenn Sie sagen, Sie sind der Tod ..." Celestia schluckte schwer. Ihr Mund war auf einmal so trocken, dass sie glaubte, sie müsste ersticken. „Meinen Sie damit, dass ich tot bin? Kann ich Sie deswegen sehen?"

„Nein“, sagte er nur.
„Und ... weshalb genau sind Sie hier?“
„Um dir deinen Wunsch zu erfüllen.“
„Tut mir leid“, sagte Celestia, als sie plötzlich lachen musste. „Aber ich glaube immer noch nicht, dass Sie echt sind. Wahrscheinlich schlafe ich gerade noch.“ Sie nahm an, sie war in der letzten Nacht gar nicht aufgewacht und in ihr Zimmer gegangen und sie schlief gerade tief und fest auf der Couch, auf der sie in diesem Moment mit diesem fremden Mann saß.
Es musste ein Traum sein, ganz sicher.
Er schien nicht die Absicht zu haben, etwas zu stehlen, ansonsten hätte er es schon längst getan, dachte Celestia. Er hätte es sich nicht auf ihrer Couch gemütlich gemacht. Mitten in der Nacht.
Stattdessen schwafelte er etwas über den Tod, und das in der Nacht, in der sie sich den Tod gewünscht hatte.
Wahrscheinlich hatte sie so lange darüber nachgedacht, dass es sie nun schließlich in ihren Träumen heimsuchte.
„Was kann ich tun, damit du mir glaubst?“, fragte er wenig überrascht von ihrer Reaktion. Er wusste, dass er geduldig sein musste. Es war schließlich nicht gerade leicht, zu akzeptieren, dass sie sich mit ihm unterhielt. Und es war auch nichts Neues, dass Menschen, die sich den Tod wünschten, ihren Wunsch bereuten, wenn es wirklich so weit war.
In dem Augenblick, in dem ihr Leben vorbeigehen sollte, empfanden die meisten plötzlich ganz anders.
Also wunderte es ihn nicht, dass sie mit zwiespältigen Gefühlen, immer noch in Gedanken versunken war.

Celestia erinnerte sich, einmal gelesen zu haben, dass man in seinen Träumen nur Menschen sah, deren Gesichter man schon einmal im Laufe des Lebens gesehen hatte. Aber so ein Gesicht hatte sie bestimmt noch nicht gesehen. Nein, daran würde sie sich erinnern.
Es war viel zu schön und perfekt, als dass man es hätte vergessen können. Beinahe unmenschlich ...
„Danke für das Kompliment", sagte er dann, rückte mit einem leichten schiefen Grinsen seinen Kragen zurecht und riss Celestia damit endgültig aus ihren Gedanken.
„Wie bitte? Kompliment?"
Vor lauter Verwirrung schüttelte sie mit leicht geröteten Wangen den Kopf und legte ihren Arm auf die Sofalehne.
„Ist das hier wirklich kein Traum? Sind Sie gerade wirklich hier? Wieso wissen Sie, was ich denke?"
„Ich weiß alles über dich", sagte er und beugte sich näher zu ihr heran. „Ich weiß, was du denkst, und ich weiß, was du willst. Ich kenne alle deine Wünsche und Ängste."
Celestia lehnte sich zurück und versuchte, Ruhe zu bewahren.
„Du bist unglücklich", sagte er dann, um sie davon zu überzeugen, dass er nicht einfach irgendwelche Lügengeschichten erzählte.
Mit zusammengezogenen Augenbrauen musterte sie den Boden, dann fixierte sie mit ihrem Blick ihre grauen Hausschuhe. Sie traute sich nicht, ihn anzuschauen, denn sie könnte jeden Moment in Tränen ausbrechen und es gab nichts Schlimmeres, als vor jemand anderem zu weinen.
Sie musste sich erst mal zusammenreißen, bevor sie wieder sprechen konnte.

Ja, sie war unglücklich. Niemand wusste das besser als sie, dennoch konnte sie nicht verhindern, dass eine Welle von negativen Emotionen sie durchflutete.
„Du hast dir gewünscht, zu sterben, deshalb bin ich hier“, fuhr er dann schließlich fort, als von Celestia immer noch nichts zu hören war.
„Ich bin hier, um dich zu fragen, ob das wirklich dein Wunsch ist. Wenn du weiterleben willst, werde ich verschwinden und du wirst dich nicht mehr an meinen Besuch erinnern können. Solltest du dich aber dafür entscheiden, zu sterben, gibt es noch einiges zu besprechen. Ich werde dein Leben nicht im gleichen Moment beenden können. Es gibt ein paar Voraussetzungen und Dinge, die du wissen musst.“
Celestia schaffte es, ihren Blick wieder auf seine dunklen Augen zu richten, und er wusste sofort, dass sie ihm nun glaubte.
„Sie meinen das ernst, oder? Das ist wirklich kein Traum“, stellte sie fest, senkte wieder den Blick und blieb stumm.
Wollte sie das wirklich?
„Du musst dich nicht jetzt gleich entscheiden.“
„Ich weiß es nicht“, sagte sie dann mehr zu sich selbst.
Das war die Antwort, die der Tod erwartet hatte.
„Bis zum nächsten Mal, Celestia.“

KAPITEL 3

Es waren zwei weitere Nächte vergangen und der Tod hatte sich nicht noch einmal blicken lassen.
Das machte Celestia nichts aus, denn zu ihrer eigenen Überraschung wusste sie immer noch nicht wirklich, was sie ihm hätte sagen sollen, wenn er nochmal in ihrem Wohnzimmer auftauchen sollte.
Obwohl sie in der letzten Nacht die Tabletten genommen hatte, war sie fast die ganze Zeit wachgelegen, weshalb sie sich an dem heutigen Morgen wieder mal sehr müde fühlte. Es war schon ein Wunder, dass sie es überhaupt geschafft hatte, aus dem Bett zu kriechen.
Sie ging ins Bad und klatschte sich am Waschbecken kaltes Wasser ins Gesicht. Dann kämmte sie sich die glatten Haare zurecht und betrachtete sich eine Weile im Spiegel. Die dunklen Augenringe, die sie anscheinend nie loswerden würde, ließen sie sogar noch erschöpfter wirken, als sie sich fühlte. Ein wenig Concealer würde ihr beim Kaschieren helfen, aber dafür hatte sie im Moment weder Lust noch Kraft.
Also schnappte sie sich ihre Tasche und machte sich auf den Weg zur Arbeit. Sie saß an der Haltestelle und wartete auf ihren Bus.
Wobei *wartete* nicht wirklich korrekt wäre.
Mehrere Busse waren an ihr vorbeigefahren, doch sie war nicht eingestiegen.
Sie hatte sich gegen die Bank gelehnt, ihre Hände auf dem Schoß.
Sie blickte zwar geradeaus in den Straßenverkehr, doch sie

sah nicht wirklich, was passierte.
Busse hielten an. Menschen stiegen aus und ein. Vereinzelt warfen ihr die Busfahrer einen unschlüssigen Blick zu, weil sie nicht wussten, ob sie nun einsteigen wollte oder nicht.
Als Celestia dann wieder zu sich kam, beschloss sie, zu Fuß zur Arbeit zu gehen.
„Guten Morgen", sagte sie mit einem leichten, aber gleichzeitig müden Lächeln zu Mrs. Pearl, die am Empfang arbeitete und zu den wenigen Menschen gehörte, die nett zu Celestia waren.
An ihrem Schreibtisch befanden sich so viele Blumentöpfe mit verschiedenen bunten Blumen, dass Celestia schon längst den Überblick verloren hatte. Darunter konnte sie die violette Krokusblume und den roten Hibiskus erkennen. Die übrigen waren zwar auch sehr schön, doch sie wirkten eher exotisch und sagten ihr nicht wirklich etwas.
„Guten Morgen. Wie war Ihr Wochenende?" Mrs. Pearl strahlte jedes Mal bis über beide Ohren, wenn sie Celestia sah. Sie trug eine schwarzumrahmte Brille und hatte ihre schulterlangen graublonden Haare zu einem Dutt gebunden.
„Es war okay." Celestia senkte den Blick und machte sich auf die ihr allzu bekannte Rede gefasst.
„So, wie ich Sie kenne, waren Sie bestimmt die ganze Zeit über zu Hause. Ich sage Ihnen doch immer, ein Mensch braucht Abwechslung. Vor allem eine so schöne, junge Frau wie Sie." Sie legte ihren Kugelschreiber zur Seite und legte die Hände ineinander.
„Ich gehe tatsächlich nicht viel aus, da haben Sie recht. Aber das macht mir nichts aus, ich habe gerne meine

Ruhe."
„Ja, das glaube ich sofort. Das Wochenende ist ja auch zum Ausruhen da. Ich mache mir bloß Sorgen darum, dass Sie währenddessen Ihr Leben verpassen, verstehen Sie, was ich meine?"
Celestia nickte zögernd.
„Sie sind jung und haben noch ein langes Leben vor sich. Ich wünsche mir einfach, dass Sie das Beste daraus machen. Das Gleichgewicht macht alles aus. Man sollte sich ausruhen, aber auch austoben", sagte sie und rückte mit gespitzten Lippen ihre Brille zurecht.
Celestia musste lachen.
„Das sage ich auch zu den Menschen, die sich zu viel austoben", fügte Mrs. Pearl streng hinzu. „Das Gleichgewicht ist das A und O im Leben, sage ich dann immer, weshalb ich immer schräg angeschaut werde. Aber ja, so ist es nun mal. Die meisten Menschen mögen es nicht, wenn man sich in ihre Angelegenheiten einmischt. Bei Ihenn weiß ich, dass Sie mir das nicht übel nehmen."
„Wie soll ich Ihnen das übel nehmen, wenn ich doch weiß, dass Sie es nur gut meinen? Ich weiß das wirklich zu schätzen", sagte Celestia. Wenn Mrs. Pearl um sie herum war, konnte sie nicht anders, als zu lächeln.
„Aber leider ist es nicht immer so einfach, wenn es ums Umsetzen geht", fügte sie mit einem leichten Seufzen hinzu. „Wenn Sie es sich mal anders überlegen, wissen Sie ja, wen Sie anrufen können."
Celestia nickte lachend und lief weiter zu den Aufzügen, die sich direkt neben dem Empfang befanden.
Sie winkte Mrs. Pearl noch zu, bevor sie den Aufzug betrat

und die Türen sich hinter ihr schlossen.
Sie lief auf ihren Arbeitsplatz zu und sah ihrer Kollegin Maddy dabei zu, wie sie Celestias Arbeitsplatz abräumte und ihre Sachen in eine kleine Kiste packte.
Unwillkürlich wurden ihre Schritte schneller.
„Was tust du da, Maddy?“
„Oh, da bist du ja.“ Maddy warf ihr einen abwertenden Blick zu und musterte sie wie immer von oben bis unten, sodass Celestia sich bemühen musste, nicht genervt die Augen zu verdrehen.
Maddy trug einen roten, knielangen Rock und eine transparente Strumpfhose. Sie hätte auch einen Kartoffelsack anhaben können, das wäre Celestia völlig egal gewesen, aber Maddy liebte es, unter anderem den Kleidungsstil von anderen zu bewerten.
„Warum räumst du meinen Tisch ab?“
„Ich hatte vor, es dir zu sagen, ehrlich, aber irgendwie kam immer was dazwischen.“ Sie nahm sich eine ihrer dunkelblonden Strähnen zwischen die Finger und legte es sich zögernd hinters Ohr. Dann verschränkte sie die Arme vor der Brust und machte einen Schritt zurück.
Na toll! Damit wollte sie zeigen, dass sie keinen Widerspruch akzeptieren würde.
Celestia hob die Augenbrauen und wartete.
„Du weißt ja, dass Ava diese Woche hier anfangen wird.“
Celestia schüttelte unwissend den Kopf. „Nein, tut mir leid.“
„Oh, das habe ich anscheinend richtig durcheinandergebracht. Ich dachte, du wüsstest es bereits. Ava ist eine gute Freundin von mir.“
Was hatte Maddys Freundin mit ihrem Arbeitsplatz zu tun?

„Die einzigen freien Plätze sind in der letzten Reihe da hinten, deshalb dachte ich, dass es dir bestimmt nichts ausmacht, deinen Platz Ava zu überlassen. Oder?"
„Warum?"
„Naja, wie ich sagte, sie ist meine Freundin. Du wirst doch verstehen, dass sie sich neben mich setzen will?"
Ja, dachte Celestia. *Aber fragen würde nicht schaden*. Und was bildete sie sich ein, ihren Tisch abzuräumen, ohne vorher mit ihr gesprochen zu haben?
Im Grunde fragte sie Celestia gar nicht, ob Ava ihren Platz kriegen konnte. Sie teilte es ihr nur mit.
Wie Maddy sagte: Sie hatte lediglich vor, es ihr zu sagen, und nicht, sie zu *fragen*.
„Klar", sagte Celestia und nahm Maddy die Kiste aus den Händen. Sie fing an, die restlichen Sachen einzupacken, und als sie Maddy keine Beachtung mehr schenkte, war sie auch schon bald verschwunden.
Das war so eine Sache, die sie über die Jahre hinweg lernen musste.
Wollte sie Probleme jeglicher Art vermeiden, musste sie brav nicken und allem zustimmen.
Zu Beginn ihrer Arbeitszeit hatte sie den Fehler gemacht, Dinge zu hinterfragen und zu diskutieren. Celestia war von Natur aus stur, das abzulegen war nicht so einfach.
Aber sobald sie sich in diesem Gebäude unter diesen Menschen aufhielt, musste sie ihre Sturheit zur Seite legen und so tun, als würde sie nicht existieren.
Man konnte nicht überleben, wenn man sich den Menschen widersetzte. Und auch wenn sie sich dann jeden Tag, jede Minute innerlich dagegen sträubte, nickte sie

und sagte: „*Klar.*"
Denn würde sie das nicht tun, das wusste sie, hätte sie die letzten Jahre nicht hier arbeiten können.
Es hätte unzählige Streitereien gegeben, wenn sie ihre Meinung gesagt oder das Fehlverhalten von gewissen Leuten zur Sprache gebracht hätte. Und um das zu verhindern, musste sie eben einen Preis zahlen.
Doch inzwischen hatte sie sich an den Alltag hier gewöhnt. Ein einziger blöder Kommentar von jemandem reichte nicht mehr aus, um sie aus der Fassung zu bringen. Es gab nur noch wenige Situationen, die sie die Leere in ihrer Brust vergessen ließen und stattdessen mit Wut erfüllten.
Celestia suchte sich einen Platz in der letzten Reihe aus und räumte vorsichtig ihre Sachen wieder aus.
Sie nahm sich den Bilderrahmen in die Hand, in dem ihre Eltern sich umarmten und breit in die Kamera lachten, und strich mit dem Daumen über die fröhlichen Gesichter.
Dann schaute sie kurz auf, als sie ein lautes Gelächter hörte.
„Oh", sagte Maddy und legte ihre Hand auf ihre roten Lippen. „Du ... hast uns doch nicht etwa gehört, oder?", fragte sie gespielt beschämt.
Celestia sagte nichts und wandte den Blick unbeteiligt wieder ab. Anscheinend lästerten sie über sie. Und das, während sie nur ein paar Tische entfernt von ihnen saß. Aber sie würde ihnen jetzt bestimmt keine Beachtung schenken, denn genau das war es, was Maddy wollte.
„Hey, wir wollen dich echt nicht kränken", sagte sie dann, offensichtlich enttäuscht darüber, keine Reaktion von

Celestia erhalten zu haben. Sie war ja nicht mal beleidigt!
„Es ist nur, alle sprechen immer noch über den Vorfall von damals. Das war so peinlich, Cel." Ihre Haare sträubten sich, wenn man sie so nannte. Sie presste die Lippen aufeinander, als sie fühlte, wie sich ihr Geduldsfaden gefährlich spannte.
„So was kriegt man hier sonst nie zu Gesicht, das weißt du ja auch selbst, oder? Das Aufregendste, was man hier beobachten kann, sind die Kaffeemaschinen", sagte sie und lachte laut über ihren eigenen Witz, doch es klang aufgesetzt.
„Alle wundern sich, warum du immer noch hier arbeitest", fügte sie dann hinzu und schob sich als ein Zeichen des Triumphs eine weitere Strähne hinters Ohr.
Celestia begann zu beben. Ihre Hände verloren jegliche Kraft, ließen das Bild zu Boden fallen und mit einem lauten Klirren zerbrechen.

KAPITEL 4

Sie stützte ihre Hände am Waschbecken ab und versuchte, ihren Atem zu beruhigen, obwohl sie wusste, dass es nicht mehr möglich war.
Sie konnte fühlen, wie ihr Brustkorb sich hob und senkte, wie ihre Wangen vor Wut glühten und ihre Augen funkelten.
Sie hatte alles stehen und liegen gelassen und war zur Toilette gerannt.
Erst wenn alle anderen verschwunden waren, würde sie wieder zurückgehen, um ihre Sachen zu holen.
Celestia ließ das Wasser laufen, wusch sich das Gesicht mit eiskaltem Wasser, bis es sich betäubt anfühlte. Dann tupfte sie sich mit einem Papiertuch leicht über die Wangen, sodass über ihre Stirn und ihren Hals immer noch Wassertropfen herabflossen, die an ihrer Haut kitzelten.
Seit sie hierher geflohen war, hielt sie die Tränen nur mit Mühe zurück. Doch je mehr Zeit verging, desto schwächer wurde sie und konnte nicht mehr dagegen ankämpfen.
Tränen füllten ihre haselnussfarbenen Augen, sodass sie unter dem hellen Licht schimmerten. Dann liefen sie unaufhörlich über ihre feuchten Wangen und Celestia ließ es zu.
Sie fühlte sich erbärmlich, weil sie weinte. Sie fühlte sich erbärmlich, weil sie es zuließ, dass Erinnerungen sie zum Weinen brachten.
Weinen war für Celestia so normal wie Kaffeetrinken. Es gehörte zu ihrem Alltag dazu, es war ein Bedürfnis.
Aber es war anders, wenn sie kurz davor war, vor anderen

zu weinen. Und noch schlimmer war es, wenn es einen Grund gab, weshalb sie weinte.

Als sie im Bus saß und nach draußen blickte, nahm sie ihre Umgebung nicht wahr.
Die unzähligen Geschäfte. Die Cafés. All die Menschen.
Es war, als existierten sie gar nicht.
Es war, als wäre sie von einer riesigen Blase umhüllt, die sie nicht zum Platzen bringen konnte und die sie von der Außenwelt abschirmte.
Jedes Geräusch, jede Bewegung war nur ein dumpfer Abklang von dem, was sie sah oder hörte.
Es war fast so, als wäre sie weder lebendig noch tot.
Celestia schwelgte in Erinnerungen und hatte Schwierigkeiten, die Augen offen zu halten, weil sie so unheimlich brannten.
Natürlich würde man reden, darüber wunderte sie sich auch gar nicht. Aber der Vorfall war nun fast ein halbes Jahr her, deshalb verstand sie nicht, wieso man es jetzt wieder zum Gesprächsthema machen musste.
Jedes Mal wurde sie von Neuem damit konfrontiert und musste sich von der Konfrontation erholen.
Es war kurz nach ihrem 20. Geburtstag gewesen, als sie von dem tödlichen Autounfall ihrer Eltern erfuhr.
Die Welt schien für Celestia stehen zu bleiben.
Alles blieb stehen.
Niemand schien zu verstehen, wie sie sich fühlte.
Zu den wenigen Freunden, die sie damals hatte, verlor sie den Kontakt und noch mal knüpfte sie auch keine weiteren Freundschaften mehr.

Sie hörte immer nur die gleichen Sätze. Immer die gleichen Sätze.
Es musste wohl so kommen.
Du kannst nichts tun, um das Geschehene rückgängig zu machen.
Es war nicht so, dass sie gegen das Schicksal ihrer Eltern rebellierte, aber warum mussten alle diese leeren Worte sagen?
Wieso konnte niemand erkennen, was sie wirklich durchmachte?
Wie allein sie war. Wie einsam.
Und wie anstrengend es war, weiterzuleben. Wie unglaublich schwer es war, jeden Tag aufzuwachen, zu hoffen, dass es sich nur um einen bösen Traum handelte. Nur um dann zu realisieren, dass es kein Traum war, sondern die grausame Wirklichkeit.
Die Menschen hörten nur: Unfall. Tod. Verlust.
Sie *hörten* diese Wörter, aber die Schmerzen dahinter?
Niemand konnte sich die Schmerzen vorstellen, denn sie hatten es nicht selbst erlebt. Hatten selbst niemanden auf diese Weise verloren.
Die betroffenen Personen hörten nicht nur mehr als diese wenigen Worte. Sie sahen auch alles.
Sie stellten es sich vor.
Sie sahen das zerstörte Auto. Sie sahen Leichen, in einem solchen Zustand, dass sie es am liebsten für immer aus ihren Gedanken verbannen möchten, aber nicht können.
Sie hörten Schreie voller Schmerzen. Sie hörten Hilflosigkeit.
Die Sirenen, die zu Hilfe eilten.
Sie stellten sich jede einzelne Sekunde davon vor, um

nachfühlen zu können, was diese geliebten Menschen fühlen mussten.
Auch wenn es schmerzte. Wenn es so schmerzte, dass man dachte, man halte es nicht aus.
Man möchte es wissen. Man kann nicht anders, als es sich vorzustellen.
Das Einzige, was sie von anderen erwartete, war verstanden zu werden. Und das wurde sie nie.
Als hätte sie kein Recht gehabt, traurig zu sein. Als wäre es falsch, traurig zu sein. Doch wie sollte sie das Geschehene verarbeiten, wenn sie die Trauer immer wieder zurückdrängte?
Um sich von dieser Last zu lösen, müsste sie erst mal zulassen, von ihr erreicht zu werden.
Eines hatte sie in dieser Zeit dazugelernt. Egal, wie traurig sie war, egal, wie sehr die Gefühle sie überwältigten, sie durfte neben anderen nicht weinen. Nur wenn sie allein war, durfte sie den Tränen nachgeben.
Celestias Eltern waren sich bei einem New-York-Urlaub ihres Vaters, gebürtiger Londoner, beim Kaffeetrinken begegnet. In dem Café verabredeten sie sich auch bei jedem der folgenden Treffen.
Und sie bestellten immer dasselbe.
Er trank einen schwarzen Kaffee und sie einen Cappuccino mit extra Schaum. Sie trugen beide bunte Farben, fröhlich und verrückt. Ein bisschen, wie sie es waren. Voller Liebe. Voller Freude.
Nach ihrer Hochzeit lebten sie in Staten Island und beschlossen irgendwann, selbst ein Café zu eröffnen. Es war klein, aber gemütlich.

Ich wünschte, du würdest mich so sehr lieben wie diesen Ort, sagte ihr Vater, als Celestias Mutter mit strahlenden Augen davon schwärmte.
Es ist meine Heimat, sagte sie dann. Mein Lieblingsort, mein sicherer Hafen.
Mein trauriger Hafen, hallte es durch Celestias Kopf, als sie weiter aus dem fahrenden Bus blickte.
Ihr Vater hatte sich dann beschwert, was sie an so einem kleinen Ort so besonders fand, wenn es im Vergleich dazu doch so viel größere gab. Er konnte nie verstehen, warum seine Frau nicht lieber in die Großstadt ziehen wollte, sondern im bevölkerungsärmsten Stadtteil von New York leben wollte. Staten Island war der südlichste Stadtbezirk von New York City und hatte knapp 500.000 Einwohner.
Was macht das für einen Unterschied? Es ist etwas anderes, was einen Ort besonders macht …
Celestia war dann neugierig aufgesprungen und wollte wissen, was es denn war, was es so besonders machte.
Alles, was du fühlst.
Celestia hatte genickt, obwohl sie nicht verstanden hatte, was ihre Mutter meinte.
Als sie alt genug war, begann sie ihren Eltern auszuhelfen und backte die leckersten Sachen.
Backen war immer schon das Einzige gewesen, das ihre Seele beruhigte. Auch nach dem tragischen Tag, der ihr Leben auf den Kopf stellte, war es die einzige Ausflucht, die ihr übrigblieb.
Nur so konnte sie eine Zeit lang der Realität entkommen, vor den Tatsachen fliehen, die schmerzten.
Doch nach dem Tod ihrer Eltern erfuhr sie, dass sie das

Café verkauft hatten, weil sie anscheinend finanzielle Probleme hatten und es Celestia verheimlichten. Nie hatte sie davon etwas mitbekommen, weshalb sie sich beschuldigte.
Hatte sie überhaupt richtig zugehört, wenn sie mit ihr sprachen? Hätte sie es merken können, hätte sie nur genauer hingeschaut?
Es dauerte eine lange Zeit, bis sie wieder fähig war, durchs Leben zu gehen. Sie bewarb sich für diese Stelle im Büro, weil ihr Traum, das Familiencafé weiterzuführen, geplatzt war.
Doch als sie den jungen Besitzer des Cafés auffinden konnte, begann sie erneut, zu hoffen. Sie wollte das Café mieten, damit sie es betreiben konnte, bis sie in der Lage wäre, es zu kaufen.
Hätte er ihr von Anfang an gesagt, dass daraus nichts wird, hätte sie lernen können, es zu akzeptieren.
Doch da sie glaubte, sie könnte das Einzige, was ihr von ihren Eltern geblieben war, retten, begann sie wieder zu träumen.
Noah versicherte ihr, er würde ihr das Café vermieten und hätte nichts dagegen, es ihr irgendwann auch zu überlassen. Und es schien, als hätte er Mitleid mit ihr wegen des Schicksalsschlags ihrer Eltern.
Es dauerte nicht lange, bis Celestia merkte, dass Noah nicht vorhatte, ihr das Café zu vermieten. Sie realisierte, dass er sie nur hinhielt und anscheinend Gefühle für sie entwickelt hatte, weshalb sie sofort den Kontakt zu ihm abbrach.
Also musste sie mit dem Schmerz klarkommen, der mit

dem Zunichtewerden der Hoffnung kam.
Doch nach unzähligen Anrufen und Nachrichten tauchte Noah irgendwann an ihrem Arbeitsplatz auf und beschuldigte sie, nicht mit ihm zusammen sein zu wollen, weil er ihr nicht gut genug war.
Du bist eine verdammte Heuchlerin, hatte er geschrien, sodass alle es hören konnten. Du hältst dich wohl für was Besseres! Wie gut für deine Eltern, dass sie tot sind. So eingebildet, wie du bist, konnten sie dich bestimmt auch nicht ausstehen.
Allem Anschein nach war er betrunken, das konnte auch Celestia sofort erkennen.
Die geröteten Wangen, die blutunterlaufenen Augen, der Gestank von Alkohol. Ja, er war betrunken, ohne Zweifel.
Trotzdem konnte sie nicht verhindern, dass seine Worte sie verärgerten. Sie konnte sich nicht zurückhalten und der Streit eskalierte.
Es wurde ein riesiger Aufstand darum gemacht, und Celestia erhielt *nur* eine Ermahnung. Dennoch erwarteten alle, dass sie kündigte.
Alle wundern sich, warum du immer noch hier arbeitest.
Sie verstand nicht, warum in aller Welt sie hätte kündigen sollen.
Nun gut, sie hätte die Kontrolle nicht verlieren dürfen, aber hätten die anderen nicht das Gleiche getan, wenn sie an ihrer Stelle wären?
Aber ja, sie waren eben nicht an ihrer Stelle.
Und nichts war einfacher, als andere für ihre Handlungen zu verurteilen.
All das war für sie zu ertragen gewesen, doch nach diesem Vorfall fühlte es sich so an, als ob sie den Tod ihrer Eltern wiedererlebte.

Sie erlebte den Rückschlag von Neuem. Als würde ihre Hoffnung erneut zerschmettert werden, ihr Traum von Neuem mit Füßen getreten.
Und jedes Mal, wenn sie Noahs Namen hörte, überkam sie dasselbe Gefühl.
Sie zitterte und weinte und verlor die Kontrolle.
Umso mehr war sie schockiert, als sie aus dem Bus ausstieg und ausgerechnet Noah vor ihrer Wohnungstür erblickte. Er hatte sich gegen die Tür gelehnt und wartete, anscheinend hatte er schon geklingelt.
Wie konnte er es wagen, hier einfach aufzutauchen?
Am liebsten hätte sie sich umgedreht und wäre in die andere Richtung davongelaufen, doch da hatte er sie schon erkannt.
Er winkte ihr zu, als würde er eine gute Freundin nach langer Zeit wiedertreffen. Als hätte er vergessen, wie er sich bei ihrer letzten Begegnung verhalten hatte.
„Was tust du hier?", fragte sie, als sie die Straße überquert hatte und ihm gegenüberstand. Zu ihrer eigenen Überraschung sprach sie mit fester Stimme, worüber sie sich freute.
Er verzog das Gesicht und fuhr sich durch die kurzgeschnittenen braunen Haare. Anscheinend hatte er eine andere Begrüßung erwartet.
„Ich wollte dich sehen", sagte er lächelnd und kratzte sich verlegen am Hinterkopf. Ein gescheiterter Versuch, süß zu wirken.
„Gut, dann kannst du ja jetzt wieder gehen." Sie lief an ihm vorbei, ohne ihn anzusehen.
„Ist das alles, was du mir zu sagen hast?", fragte er beleidigt.

Celestia drehte sich schlagartig um und musterte ihn genauer. Alles an ihm war ihr zuwider. Die Art, wie er das Gesicht verzog. Die Art, wie er sich durch die Haare fuhr. Sein selbstgefälliges Lachen.
Sogar das weiße Hemd, das er trug, wirkte abstoßend auf sie. Einfach nur, weil er es trug.
„Was sollte ich dir zu sagen haben?"
„Es ist viel Zeit vergangen. Ich dachte, vielleicht hast du dich wieder eingekriegt. Ich meine ... ich habe dir Zeit gelassen, aber als ich nichts mehr von dir gehört habe, da konnte ich nicht mehr länger warten."
„Worauf warten?"
„Du weißt, was ich meine."
„Ich habe dir nichts zu sagen." Sie drehte sich erneut um und steckte den Schlüssel ins Schlüsselloch, wobei ihre zitternden Hände nicht gerade hilfreich waren.
„Soll ich wann anders noch mal kommen? Ich meine, ich verstehe es, wenn du im Moment keine Zeit hast ..."
„Nein."
„Aber..."
Celestia krümmte sich innerlich. Wie konnte man bloß derart unnachsichtig sein?
„Ich weiß nicht, was du dir einbildest, aber ich möchte dich nicht noch einmal sehen."
„Es spricht nichts dagegen, dass du mir eine Chance gibst."
Sie schaute ihm in die hellen Augen und versuchte zu verstehen, was in seinem Kopf vorging. Nichts Vernünftiges, so viel stand fest.
„Was spricht dagegen, es zu versuchen?", fragte er und trat einen Schritt näher an sie heran, weshalb Celestia beinahe

schlecht wurde.
„Wieso würdest du mit einer Heuchlerin zusammen sein wollen?", fragte sie, um ihn an den Vorfall vom letzten Mal zu erinnern.
„Hey, du weißt, ich habe das nicht so gemeint." Er versuchte, nach ihrem Arm zu greifen, aber sie war schnell zurückgewichen und hatte warnend die Hand gehoben.
„Ich weiß nicht, was du gemeint hast. Ich weiß nur, was du gesagt hast. Du hast mir vorgemacht, du würdest eine Vermietung in Betracht ziehen. Das war alles, Noah. Das Einzige, was du mir zu sagen haben solltest, wäre eine Entschuldigung, aber anscheinend bist du immer noch nicht von deinem hohen Ross gestiegen, um zu erkennen, dass du derjenige bist, der Fehler gemacht hat."
„Komm schon, Cel. Wir wissen doch beide, dass du nicht in der Lage warst, so ein Geschäft zu führen. Du warst einfach nur so emotional, weil du deine Eltern verloren hattest."
„Wag es ja nicht..." Ihre Wangen brannten so sehr, dass sie sich nicht wundern würde, wenn sie jeden Moment in Flammen aufgehen würde.
„Sei doch mal realistisch, früher oder später hättest du es eh aufgegeben. Und wer wäre dann darauf sitzen geblieben? Du? Nein, ich hätte dann den ganzen Scheiß ausbaden müssen." Er verdrehte die Augen, als könnte er es nicht fassen, dass sie tatsächlich glaubte, sie hätte das Café betreiben können.
„Das hättest du mir auch damals sagen können. Warum hast du gelogen?" Sie spürte, wie der Knoten in ihrem Hals größer und größer wurde und ihr das Schlucken erschwerte.

„Das Café gehört mir nicht mehr, ich habe es verkauft", gab er zu. Celestias Augen funkelten, als könnten jeden Moment Blitze daraus hervorschießen.
„Ich habe das nur getan, damit es nicht mehr zwischen uns steht, Cel. Wir können von vorne anfangen und die Vergangenheit vergessen. Ich bin bereit, dir deine Fehler zu vergeben."
Es gab nicht genug Worte, die ausdrücken konnten, wie stark sich die Wut anfühlte, die sie in diesem Moment überrannte, durch ihre Adern schoss und ihr Gehirn zu lähmen schien.
„Meine Fehler?"
„Du hast mit mir gespielt und mich dann fallen gelassen. Nur weil ich dich mag, heißt es nicht, dass ich dir alles verzeihen muss. Aber ich werde es tun." Er verzog eine Miene, als hätte er bereits mehr Nachsicht mit ihr gezeigt, als notwendig war.
„Ich habe dir nie auch nur im Geringsten für irgendwas Hoffnungen gemacht. Du warst derjenige, der mir etwas vorgemacht hat und jetzt verschwinde! Ich meine es ernst."
Ohne auf seine Reaktion zu warten, betrat sie die Wohnung und knallte die Tür zu, sodass der Hall immer noch in ihren Ohren dröhnte.
Lange Zeit war damit vergangen, dass sie sich leer fühlte. Als könnte sie nicht das Geringste empfinden. Als würde ihr Inneres nur aus vollkommener Leere bestehen.
Doch in diesem Moment kochte Celestia vor Wut.
Und sie konnte sich nicht vorstellen, dass sie sich jemals wieder beruhigen könnte.

All die Gefühle, die sie unterdrückt hatte, erwachten wieder zum Leben, ließen sie die Kontrolle über sich selbst verlieren, brachten sie aus der Fassung und machten sie leichtsinnig.
Als sie ins Bad ging und im Spiegel ihre roten Wangen und vom Weinen geröteten Augen erblickte, hasste sie sich selbst dafür, so zornig zu sein.
Und jetzt, da sie allein war, konnte sie den Tränen wieder freien Lauf lassen. Sie musste sie nicht mehr zurückhalten.
Sie weinte so lange, bis ihre Schläfen vor Schmerz pochten, doch ihr Groll ließ nicht nach. Kein bisschen.
Auch nachdem sie ihr Gesicht wieder und wieder mit eisigem Wasser wusch, fühlte sie nicht den kleinsten Hauch von Erleichterung.
Sie schnappte sich das kleine grüne Handtuch neben dem Waschbecken, trocknete sich das nasse Gesicht und verließ das Badezimmer.
Sie zuckte vor Schreck zusammen, als er plötzlich direkt vor ihr stand.
„Hallo, Celestia“, sagte er ruhig, zog eine Hand aus der Hosentasche und winkte ihr zu.
„Habe ich dich erschreckt?“

KAPITEL 5

„Ich hatte langsam geglaubt, ich hätte Sie mir nur eingebildet“, sagte sie, als sie sich von dem Schock erholt und ihre Stimme wiedergefunden hatte.
„So viel Zeit ist seit meinem letzten Besuch nun auch wieder nicht vergangen.“
Er trat näher an sie heran, beugte sich zu ihr rüber und musterte ihr Gesicht mit zusammengekniffenen Augen, sodass seine sowieso kleinen Augen fast ganz verschwanden.
Auch Celestia nahm ihn in Augenschein. Er war hochgewachsen, weshalb er sich bücken musste, um mit ihr auf Augenhöhe zu sein.
„Anscheinend ist das der falsche Moment“, stellte er fest, als er in ihre verweinten Augen sah. „Ich sollte wann anders noch mal kommen.“
„Nein“, rief sie schnell, vor Angst, er würde verschwinden. „Nein, jetzt ist es sogar genau richtig. Bis vor Kurzem war ich unsicher gewesen, doch jetzt ...“
„Du siehst nicht gut aus“, sagte er und zog die Augenbrauen zusammen. „Ich bezweifle, dass du im Moment eine vernünftige Entscheidung treffen kannst.“
„Ich fühle mich mehr als gut“, log sie und wartete ungeduldig auf den Moment, in dem dieses drückende Gefühl in ihrer Brust verschwinden würde.
„Stellen Sie mir jetzt die Frage“, sagte sie.
Er zögerte.
„Sie haben gesagt, Sie werden mich noch einmal besuchen und mir dann die Frage stellen. Sie haben nichts dazu ge-

sagt, wie ich mich in dem Moment fühlen muss."
„Das stimmt, das habe ich nicht. Doch bevor ich dich frage, solltest du die Voraussetzungen kennen. Und ich glaube nicht, dass du in diesem Zustand in der Lage bist ..."
„Ich akzeptiere sie."
„Du solltest mich besser erst anhören", sagte er bestürzt.
„Nein, stellen Sie mir die Frage", forderte sie und ihre Augen begannen langsam wieder zu schimmern, weshalb sie die Lippen fest zusammenpresste. „Bitte."
„Nun gut", sagte er und wartete einen Moment, bevor er weitersprach.
„Möchtest du wirklich sterben, Celestia?"
Celestia glaubte, sie tat das erste Mal in ihrem Leben etwas Richtiges. Sie beendete die unnötige Qual, die sie verspürte. Sie beendete alles Schlechte, was sie empfinden musste. Sie beendete nicht nur die Schmerzen, sondern auch die Leere, die ihr Leben übernommen hatte.
„Ja", sagte sie und nickte heftig.
Doch sie wunderte sich, warum sich die Wut in ihrem Herzen nicht auflöste oder wenigstens ein kleines bisschen nachließ. Sie spürte keine Erleichterung.
Ach ja! Jetzt fiel es ihr wieder ein. Er hatte ihr bei seinem letzten Besuch gesagt, dass er ihr Leben nicht im gleichen Moment beenden könnte. Das hatte sie total vergessen.
„Wie lange wird es dauern?", fragte sie und stemmte ihre zitternden Hände in die Hüfte.
„Ich denke, es ist besser, wenn du dich setzt."
Celestia blieb stehen und wartete auf seine Antwort.
Er ignorierte sie, setzte sich auf die Couch und warf ihr einen auffordernden Blick zu, woraufhin sie sich ebenfalls hinsetzte.

„Es gibt mehrere Sachen, die du wissen musst", begann er dann zu erzählen. „Wie ich bereits sagte, kann ich dein Leben nicht jetzt gleich beenden. Ich werde dir dein Leben in 30 Tagen nehmen. Wenn ich genauer sein soll", sagte er und schaute auf den Kalender, der neben der Haustür hing, „am 10. November."
„30 Tage? Aber das ist viel zu lang."
„Ich kann nichts tun, um das zu ändern", sagte er. „Außerdem musst du wissen, dass ich dich in dieser Zeit nicht ständig allein lassen kann." Als Celestia nicht reagierte, fügte er noch hinzu: „Deshalb wäre es sinnvoll, wenn ich bis zu diesem Tag bei dir wohne."
Eigentlich wollte sie fragen: *Warum?*
Aber sie hielt sich zurück, denn der Ton, in dem er sprach, machte ihr nur allzu deutlich, dass sie lieber nichts hinterfragen sollte. Außerdem klang es nicht so, als fragte er sie, ob er bei ihr einziehen dürfte. Er teilte ihr mit, dass er es tun würde.
„Verstehe", brachte sie dann hervor, lehnte sich zurück und verschränkte die Arme vor der Brust.
„Eine Sache gibt es noch", fuhr er dann fort und wirkte plötzlich angespannt. „Von nun an hast du einen Wunsch frei, den du im Laufe dieser Zeit benutzen kannst."
„Einen Wunsch?"
„Ja, einen letzten Wunsch."
Celestia wusste nicht, was sie sagen sollte. Sie wusste ja nicht mal, was sie denken sollte. Ihre Gedanken spielten im Moment verrückt, deshalb musste sie darauf warten, heute Nacht in ihrem Bett zu liegen, um vor sich hin zu grübeln.

„Hast du schon eine Idee?", fragte er und wirkte mit einem Mal total interessiert, obwohl sie nicht sagen konnte, wem sein Interesse galt. Ihr oder dem Wunsch ...
„Nein", sagte sie etwas irritiert. „Darüber werde ich wohl noch nachdenken müssen."
„In Ordnung." Sein Interesse war plötzlich verflogen und in Celestia keimte das unangenehme Gefühl auf, sie hätte etwas Falsches gesagt.
Dann fing sie an, ihn genauer zu betrachten. Seine Augen waren zwar klein, doch sie machten sein Gesicht erst so attraktiv. Seine scharf geschnittenen Gesichtszüge, die wohlgeformte Nase, die vollen Lippen, das kleine Muttermal unter seinem linken Auge, das ihr jetzt erst aufgefallen war, die dichten schwarzen Haare, die ihm vom Mittelscheitel aus von beiden Seiten über die Stirn fielen. Sie wirkten gleichzeitig perfekt, aber auch bedrohlich. Er hatte eine gefährliche Ausstrahlung, vor der man sich fürchten konnte. Doch gleichzeitig wirkte er auch alles andere als gefährlich ...
Celestia wandte den Blick ab und schüttelte den Kopf, als könnte sie so die Gedanken abschütteln.
Dann atmete sie mit großen Augen auf.
Oh nein, dachte sie. Er hatte alles gehört.
„Tut mir leid", sagte sie dann mit gesenktem Kopf peinlich berührt.
„Wie bitte?", fragte er.
„Na, für das, was ich vorhin gedacht habe ..."
„Oh, was das angeht, musst du wissen, dass ich von nun an deine Gedanken nicht mehr hören kann." Als Celestia nicht reagierte, fügte er noch hinzu: „Schließlich werden

wir jetzt rund um die Uhr zusammen sein, es wäre nur fair dir gegenüber."
„Oh", sagte sie erleichtert und musste leicht lächeln.
„Aber dafür, dass du dich entschuldigen musstest, waren es anscheinend nicht besonders nette Gedanken?"
„Nein. Also, ja. Ich meine, nein."
Er lächelte leicht und schüttelte den Kopf. „Schon okay. "
„Möchten Sie einen Kaffee?", fragte sie dann, um der peinlichen Situation zu entkommen.
„Nein danke, ich trinke nichts. Und ich fände es angenehm, wenn du aufhören könntest, mich zu siezen. So viel älter als du sehe ich ja nicht aus, oder?"
Da hatte er recht. Er schien höchstens 30 Jahre alt zu sein, wenn nicht sogar jünger, dachte Celestia. Sie nickte zustimmend und lief mit schnellen Schritten in ihre helle kleine Küche.
„Was meinen Sie ... ich meine, was meinst du damit, du trinkst nichts?"
„Ich bin kein Mensch", antwortete er knapp.
Sie öffnete den weißen Küchenschrank unter ihrem Ofen und holte sich eine Tasse mit Unterteller raus, stellte sie auf den Küchentisch und schaltete die Kaffeemaschine ein.
Ich bin kein Mensch.
Sie glaubte, Verachtung aus diesem Satz herausgehört zu haben.
Er hält wahrscheinlich nicht viel von Menschen, nahm sie an, stellte dann ihre Tasse in die Kaffeemaschine und drückte auf den Knopf in der Mitte.
Während der intensive Duft des Kaffees ihre Küche einnahm und Celestias Sinne etwas beruhigte, lehnte sie sich

mit verschränkten Armen gegen den Küchentisch und wartete.
Ab und zu schaute sie aus dem Blickwinkel ins Wohnzimmer, um sicherzugehen, dass alles okay war und sie eventuell doch nicht alles nur träumte.
Dann nahm sie ihre Tasse und setzte sich wieder neben ihn.
„Ich weiß, die Situation ist mehr als unangenehm", sagte er dann, sobald sie sich hingesetzt hatte, und rückte ein Stück von ihr weg. „Deshalb hatte ich darauf bestanden, dass du die Voraussetzungen kennst, bevor du sie akzeptierst."
„Es ist zwar komisch ...", stimmte sie zu und nippte an ihrem heißen Getränk. Sie fühlte sich sofort besser, als sich die wohlige Wärme in ihrem Bauch breitmachte. „Aber nicht komisch genug, um mich meine Entscheidung bereuen zu lassen. Die Voraussetzungen zu kennen, hätte nichts geändert." Sie war nämlich viel zu aufgebracht gewesen, um vernünftig denken zu können. In dem Moment hätte sie sich dafür entschieden, auch wenn er etwas hundertmal Schlimmeres vorausgesetzt hätte.
„Und? Wirst du weiterhin arbeiten gehen?", fragte er dann plötzlich, weshalb Celestia sich verschluckte und husten musste. Sie räusperte sich kurz, bevor sie sprach.
„Nein, das habe ich ehrlich gesagt nicht vor", brachte sie dann schließlich hervor und schüttelte mit dem Kopf.
„Ach ja?"
„Das hat aber nichts mit meinem Wunsch zu tun. Ich hatte heute bereits beschlossen, aufzuhören."
„Warum hast du so lange dort gearbeitet, wenn es dich so unglücklich gemacht hat?", fragte er, als könnte er nicht

verstehen, wieso man sich so etwas antat.
Sie schlürfte ihren Kaffee, aus dem heißer Dampf emporstieg, bevor sie antwortete.
„Ich musste ja Geld verdienen und es ist nicht gerade ein schlechter Arbeitsplatz, das Problem ..."
„Waren die Menschen?", beendete er ihren Satz.
„Zum Teil ja, aber ... es sind nicht alle schlecht, die dort arbeiten", sagte sie, als müsste sie ihn davon überzeugen, dass es auch gute Menschen gab.
„Alle Menschen sind gleich." Er legte seine Hände ineinander und lehnte sich zurück.
„Es sind doch hauptsächlich die Menschen der Grund für deine Entscheidung, für dein Unglück. Oder nicht?"
„Na, ja ... ich würde nicht sagen, dass ... also, ich denke nicht, dass sie der Hauptgrund sind. Und ich finde es nicht richtig, anderen sein Unglück zuzuschreiben ... Wie ich damit umgehe, ist schließlich meine Verantwortung." Dann machte sie eine kurze Pause, bevor sie weitersprach.
„Ich finde es schade, dass du so denkst. Es gibt immer gute und schlechte Menschen. Es ist unfair, sie alle in das gleiche Boot zu werfen. Mrs. Pearl zum Beispiel ist ein guter Mensch. Sie bringt andere gern zum Lachen und will nur ..."
„Du irrst dich", wandte er ein. „Man kann Menschen nicht in *gut* oder *schlecht* einteilen. Sie bestehen aus beiden Eigenschaften, denn das ist es, was sie erst zum Menschen macht."
„Das glaube ich nicht", sagte sie mit gerunzelter Stirn und trank einen weiteren Schluck.
Du bist ziemlich voreingenommen, wollte sie eigentlich

sagen, behielt es aber dann doch für sich. Sie musste vorsichtig sein, damit die Situation nicht aus dem Ruder lief. Schließlich hatte sie keine WG mit einem Mitbewohner gegründet, dem sie einfach so ihre Meinung sagen konnte. Es war der Tod, der neben ihr saß und ganz ohne Scheu davon erzählte, wie wenig er von ihresgleichen hielt. Leider vergaß sie diese Tatsache immer wieder.

„Natürlich tust du das nicht. Schließlich bist du auch nur ein Mensch."

KAPITEL 6

Celestia wusste nicht, wann sie eingeschlafen war, als sie von den blendenden Sonnenstrahlen aufgeweckt wurde, die sie durch das Fenster anstrahlten.
Als sie genug Kraft gesammelt hatte, um aufzustehen, ging sie ins Wohnzimmer und fand ihn so vor, wie sie ihn zum ersten Mal gesehen hatte. Er saß mit gekreuzten Beinen und einer ausdruckslosen Miene da.
Sein Gesicht war wieder makellos, wobei sich Celestia sicher war, dass sie im Moment einem Zombie mehr ähnelte als einem Menschen.
Nachdem sie erfahren hatte, dass er nicht mal schlief, wusste sie erst recht nicht, was sie von der ganzen Situation halten sollte.
Ja, natürlich schlief er nicht, er war ja kein Mensch.
Aber er sah aus wie einer, weshalb manche Sachen sie trotzdem überraschten.
„Guten Morgen", sagte Celestia, strich sich die Haare aus dem Gesicht und rieb sich flüchtig über die müden Augen. Die ganze Nacht hatte sie über den letzten Tag nachgedacht, doch richtig realisieren konnte sie es immer noch nicht. All das fühlte sich nicht wirklich real an. Seit dem Tag, als er in ihr Wohnzimmer gekommen war, fühlte sich alles surreal an. Sie kam sich vor wie in diesen komischen Situationen, wenn man nicht wirklich wahrnehmen konnte, was passierte, und deshalb einfach so weitermachte wie bisher, ohne die Reaktion, die es eigentlich benötigte.
Hätte man ihr vor wenigen Tagen noch gesagt, dass sie mit

dem Tod zusammenwohnen würde, während sie darauf wartete, dass er ihr bald das Leben nahm, hätte sie es wohl für einen schlechten Witz gehalten.
Celestia war nie jemand gewesen, der wirklich an mystische Sachen glaubte oder sich je mit solchen Themen beschäftigt hatte. Aber auch wenn sie nun vollkommen davon überzeugt war, dass all dies wirklich geschah, konnte ihr Gehirn das noch nicht richtig verarbeiten.
Dafür würde sie mehr als nur eine Nacht brauchen.
Sie ging ins Bad, und als sie sich im Spiegel anblickte, war sie nicht wirklich überrascht von dem Bild. Ja, sie sah aus wie ein Zombie.
Schnell putzte sie sich die Zähne, wusch sich das Gesicht und band sich die strubbeligen Haare so zusammen, dass sie einigermaßen ordentlich aussah.
Als sie wieder ins Wohnzimmer kam, saß er immer noch in der gleichen Position da und hatte sich anscheinend kein Stück bewegt. Er hatte noch nichts gesagt, weshalb sich Celestia verantwortlich dafür fühlte, die Stille zu beenden.
„Ich ... würde dann jetzt Frühstück zubereiten“, sagte sie vorsichtig und musterte ihn dabei. Er reagierte kaum.
Als sie ihn jedoch weiter anschaute, nickte er kurz.
„Möchtest du irgendwas Bestimmtes?“, fragte sie dann mit den Ellbogen in den Hüften.
„Ich esse nicht.“ Oh! Das hatte sie wieder mal vollkommen verpeilt.
„Tut mir leid“, sagte sie und schlug sich leicht auf die Stirn. „Das vergesse ich immer wieder.“
Er sagte wieder nichts.

Celestias Hände zitterten plötzlich und sie spürte, wie ihre Brust sich verengte und ihr das Schlucken erschwerte. Wieso verhielt er sich auf einmal so ... gleichgültig?
„Kannst du nicht essen oder musst du nicht essen?", fragte sie dann, um das Gespräch weiterzuführen. Die Stille, die von ihm ausging, machte ihr Angst.
„Was?"
„Ich frage mich nur, ob du essen könntest oder ..."
„Ja, ich könnte. Aber nur weil man etwas kann, heißt es nicht, dass man das auch tun sollte, nicht wahr?"
„Es fühlt sich komisch an, allein zu essen, wenn du auch da bist. Ich würde mich unwohl fühlen."
„Das ist dein Zuhause, also solltest du dich frei fühlen, alles zu tun, was du möchtest. Schließlich sind das deine letzten Tage, in denen du das tun kannst." Celestia verdrehte genervt die Augen und ging in ihre Küche. Erst mal machte sie sich einen Kaffee, setzte sich an den Küchentisch und versuchte, wach zu werden.
In letzter Zeit hatte sie kaum Hunger gehabt, hatte entsprechend wenig gegessen, und das auch nur mit Zwang. Doch an diesem Morgen hatte sie plötzlich großen Appetit.
Als sie dann ihre Küchenschränke durchforstete, fiel ihr auf, dass sie einkaufen gehen sollte. Wovon hatte sie sich denn die letzten Tage ernährt? Sie konnte sich nicht erinnern.
Für den Moment würde ein Sandwich ausreichen, beschloss sie, und als sie fertig war, erhaschte sie wieder einen Blick auf den Tod und stellte fest, dass er sich immer noch kein Stück bewegt hatte.

Irgendwie kam sich Celestia ganz komisch vor.
Wenn sie diese 30 Tage allein verbringen dürfte, würde sie jetzt wahrscheinlich heulend in einer Ecke sitzen. Oder den ganzen Tag im Bett bleiben. Doch, jetzt da jemand ständig neben ihr war, würde es sich seltsam anfühlen, dies zu tun.
Und außerdem sollte sie ihre Frustration erst mal zur Seite legen, schließlich gab es ja nichts mehr, worüber sie sich beklagen könnte. Oder?
Auch wenn diese 30 Tage nicht gerade eine kurze Zeit waren: Sie wusste wenigstens, dass es ein Ende haben würde.
Als sie wieder ins Wohnzimmer kam, setzte sie sich auf den Sessel, legte sich das kleine Kissen auf den Schoß und stützte ihre Ellbogen darauf ab.
Er schaute sie nicht an und sie musste zugeben, dass das Unbehagen in ihr immer größer wurde. Gestern hatten sie sich doch unterhalten, oder? Hatte sie sich das nur eingebildet? Nein, sie war sich sicher.
„Ich müsste heute einkaufen gehen", sagte sie dann, ohne aufzuschauen.
„Ich verstehe", antwortete er.
„Wieso bist du überhaupt die ganze Zeit hier?", rutschte es ihr dann aus.
„Ich meine, ist das wirklich notwendig?"
„Ich bin nicht zum Spaß hier, falls du das denkst."
„Ja, ich weiß, aber ich denke nur, es wäre einfacher für uns beide, wenn ..."
„Einfach?", fragte er und seine Augen glitzerten unter dem Sonnenlicht, das auch in ihr Wohnzimmer hereinschien.
„Niemand hat was davon gesagt, dass es einfach sein wird."

Sie erwartete natürlich keine Nettigkeit von diesem Tod in Person und er hatte ja auch selbst erwähnt, wie wenig er von Menschen hielt, aber manchmal schien er verständnisvoller zu sein und manchmal war er einfach nur rücksichtslos.
Schön, dachte Celestia.
Ich kann auch rücksichtslos sein!
„Gut", sagte sie also und stand abrupt auf. Schluss mit rechtfertigen! Sie würde tun, was sie tun wollte und würde nicht mehr versuchen, die Stille zu brechen oder ihm etwas zu erklären.
Sollte er sich doch unbehaglich fühlen!
Ohne etwas zu sagen, lief sie in ihr Zimmer, öffnete ihren weißen Kleiderschrank und nahm sich ihren Mantel raus. Unter ihrer Jeans trug sie diesmal flache Stiefel, die tausendmal bequemer waren als die High Heels, die sie zur Arbeit trug.
Sie warf noch einen letzten Blick in den Spiegel, strich sich die Strähnen hinters Ohr, die sich aus ihrem Zopf gelöst hatten, und lief an ihm vorbei zur Haustür. Sie spürte seine Blicke auf sich, während sie in ihre Jacke schlüpfte, aber schaute ihn nicht an.
Als sie die Wohnung verließ und noch nicht mal einen einzigen Schritt getan hatte, stand er bereits neben ihr.
Sie warf ihm kurz einen genervten Blick zu und lief dann weiter.
„Wohin geht's?", fragte er dann, nachdem sie mehrere Minuten in Richtung Richmond Avenue gelaufen waren, die sich nicht allzu weit von Celestias Wohnung entfernt befand.
„Einkaufen, habe ich doch gesagt."

Bevor sie das Lebensmittelgeschäft betraten, hatte sie sich noch einen Einkaufswagen geholt, den sie nun vor sich hinschob und langsam an jedem Regal vorbeilief.
Bei der Backabteilung angekommen, stellte sie den Einkaufswagen in die Ecke und schaute sich alles genau an.
Sie hatte vor, in den nächsten Tagen viel zu backen, deshalb brauchte sie noch viele Zutaten, da ihr Vorrat fast schon aufgebraucht war.
„Schokoladenstückchen ...", murmelte sie vor sich hin, als sie zwei verschiedene Packungen in den Händen hielt. Einmal zartbitter, einmal Vollmilch. Sie nahm beides.
Sie kaufte noch Mehl, Zucker, Eier, Milch und Butter. Oh, und Cornflakes brauchte sie noch! Sie drehte wieder um und der Tod folgte jedem ihrer Schritte.
Bei den vielen Sorten brauchte sie eine Weile, bis sie sich entscheiden konnte. Als sie immer noch hin und her schaute und überlegte, konnte er nicht verstehen, warum sie so lange dafür brauchte.
„Warum nimmst du nicht endlich eins?", fragte er.
„Ich kann mich nicht entscheiden", sagte sie und hielt zwei verschiedene Sorten in den Händen.
„Nimm doch einfach irgendeins."
„Irgendeins?", fragte sie und musste unwillkürlich leicht lächeln.
„Wenn es mir nicht schmeckt, habe ich sie umsonst gekauft."
„Dann würde ich dir vorschlagen: Nimm die Sorte, von der du auch ganz sicher weißt, dass sie dir schmeckt." Genervt steckte er die Hände wieder in die Hosentaschen und Celestia zog es in Erwägung, noch länger zu zögern, nur um

ihn zu nerven, doch sie selbst wollte auch wieder nach Hause.
Auf dem Rückweg fiel ihr auf, wie er ein altes Ehepaar beobachtete, das auf der gegenüberliegenden Straßenseite Arm in Arm ging.
Beide wirkten immer noch so voller Liebe zueinander, dass Celestia lächeln musste, als sie sie anblickte.
Sie hatten sich beide große graue Schals um den Hals gewickelt.
Der Mann trug eine dunkelblaue Schiebermütze und lief mit der Hilfe eines hölzernen Gehstocks, die Frau an seiner Seite hatte sich rote Ohrenwärmer über die kurzen grauen Haare gestülpt.
„Menschen", murmelte er leise und schüttelte den Kopf.
„Was ist?", fragte sie. „Warum schaust du so?"
„Ich schaue nur, weil die Dame da drüben nicht länger als eine Woche zu leben hat", sagte er so gelassen, dass Celestia die Augen aufriss.
„Oh." Sie warf dem Paar noch einen Blick zu und plötzlich war ihr so gar nicht zum Lachen zumute.
„Wie schrecklich ...", sagte sie dann.
„Schrecklich? Was ist daran schrecklich? Menschen sterben eben."
„Kannst du dir vorstellen, wie einsam er sich fühlen wird?"
„Na ja, so viel Zeit wird er gar nicht haben, um sehr darunter zu leiden."
Celestia brauchte eine Weile, um zu verstehen, was er sagte.
„Wie kannst du das so leichtfertig sagen?", fragte sie ungläubig und blieb abrupt stehen.
„Weißt du, was schlimmer ist, als zu sterben?", fragte er zu-

rück. Doch als sie nichts erwiderte, antwortete er selbst: „Zu leben.“
„Bestimmt würdest du das viel ernster nehmen, wenn du auch ein Mensch wärst und auch sterben müsstest.“
„Aber ich bin nun mal keiner. Deshalb ist es auch nicht meine ...“
„Du bist so überheblich ...“, unterbrach sie ihn aufgebracht und wandte sich ihm mit dem ganzen Körper zu.
„Was hat das mit Überheblichkeit zu tun?“ Er zog die Schultern zusammen, als verstünde er nicht, warum sie ihm das unterstellte.
„Fragst du das gerade ernsthaft? Du bist ständig so herablassend gegenüber Menschen.“ Sie rollte genervt mit den Augen und schüttelte empört den Kopf.
„Ach, jetzt bin ich auch noch schlecht, weil ich die Wahrheit sage?“
„Man kann die Wahrheit auch schonender von sich geben“, sagte sie. „Ohne Gefühle zu verletzen.“
Er öffnete den Mund, überlegte kurz und schloss ihn wieder.
Celestia warf ihm einen fragenden Blick zu.
„Nichts“, sagte er. „Ich hätte ja etwas gesagt, aber dann beleidigst du mich nur wieder.“
„Ich bin wirklich neugierig, was du noch zu sagen hast“, drängte sie.
„Nun gut“, sagte er ruhig. „Ich weiß nicht, ob es dir nicht bewusst ist oder du es gewollt ignorierst, aber Menschen verdienen keine Güte.“ Celestia fand diese Aussage furchtbar. Wie konnte man alle Menschen miteinander gleichsetzen?

„Ich denke immer noch, dass du nicht alle über einen Kamm scheren solltest."
„Da bin ich anderer Meinung", widersprach er. „Das beweisen sie mir jedes Mal, wenn ich auf die Straße gehe. Jedes Mal, wenn ich ihre Gedanken höre. Das beweist mir ihre Selbstsucht, ihre Gier, ihr Neid."
Celestia lief langsam weiter und schaute ihn nicht an. „Weißt du, für manche ist sowas aber nur sehr schwer zu verkraften ..."
Ihr war bewusst, dass das sogar eine untertriebene Beschreibung war, doch sie zweifelte daran, dass er das verstehen konnte.
„Ob leicht oder schwer", erwiderte er dann. „Verkraften muss es irgendwann jeder."
Sie nickte leicht, ohne aufzuschauen.
„Ich habe mich anfangs auch ein wenig schwergetan, musst du wissen. Jedes Detail darüber zu sehen ... es war nicht immer einfach für mich. Man kann wohl sagen, dass die Zeit mich abgehärtet hat. Deshalb bin ich nicht mehr so sensibel wie früher."
Nun schaute sie verwundert zu ihm auf. Es war das erste Mal, dass er so etwas Persönliches mit ihr teilte.
„Wie kannst du so nur leben?"
„Ich lebe nicht", antwortete er. „Ich existiere nur."
Zu Hause angekommen, stellte sie die Tüten auf den Küchentisch, zog ihre Jacke aus und räumte erst mal alles ein. Dann setzte sie sich ins Wohnzimmer und schaltete den Fernseher an. Sie konnte sich nicht erinnern, wann sie das letzte Mal etwas im Fernsehen angeschaut hatte, doch sie konnte nicht ändern, dass die Stille zwischen ihnen

sie störte.
Sie zappte durch ein paar Kanäle und stoppte dann bei einer Dokumentation über Wale. Sie stellte die Lautstärke höher und lehnte sich zurück.
Er saß neben ihr. Obwohl sein Blick auf den Fernseher gerichtet war, konnte sie nicht sagen, ob er es sich ebenfalls anschaute.
„Wusstest du, dass Beluga-Wale auch *Kanarienvögel der Meere* genannt werden?", fragte sie.
„Ach ja?"
„Mhm, weil sie mit den verschiedensten Tönen miteinander kommunizieren und ..."
„Du hast Besuch", sagte er dann plötzlich.
„Was?" Celestia schaute verwirrt auf.
Er deutete auf die Tür. „Ein Freund von dir."
Es verstrichen nur ein paar Sekunden, bis es an der Tür klingelte.
Sie hatte noch nie Besuch bekommen.
Dann wechselte sie einen Blick mit ihm, stand leise auf und lief auf die Tür zu. Sie blieb stehen und wartete, als es noch zwei weitere Male klingelte und danach mehrmals klopfte.
Es dauerte ein paar Minuten, bis Celestia klar wurde, wer es sein könnte. Und in dem nächsten Moment wurde aus ihrer Vermutung Gewissheit.
„Cel, mach bitte auf", rief Noah. „Du warst nicht bei der Arbeit, also dachte ich, du musst zu Hause sein."
„Willst du nicht aufmachen?", fragte der Tod.
„Sshht", flüsterte sie und legte ihren Zeigefinger auf die Lippen.

„Cel?“, kam es wieder von draußen.
Celestia hatte natürlich nicht vor, die Tür zu öffnen. Sie würde warten, bis er von sich aus wegging.
Also setzte sie sich wieder hin und ignorierte Noahs Rufe.
„Warum öffnest du nicht?“, fragte der Tod, doch er klang nicht wirklich überrascht.
Sie zuckte mit den Schultern und wirkte leicht verärgert.
„Kein guter Freund, nehme ich an“, sagte er dann und lehnte sich zurück. Celestia beschloss, auch ihn zu ignorieren, da sie im Moment nicht sprechen wollte. Außerdem hatte er doch gesagt, dass er alles über sie wisse, also müsste ihm sehr wohl bewusst sein, dass es sich bei Noah nicht um einen Freund handelte. Er fragte sie vermutlich nur, um sie zu ärgern.
Doch als die Rufe nicht nachließen, ging sie in die Küche, nahm sich die Tasse auf dem Küchentisch, aus dem sie schon am Morgen getrunken hatte, und stellte sie unter die Kaffeemaschine.
„Willst du mit ihm Kaffee trinken?“, fragte er nun doch überrascht.
„*Ich* werde Kaffee trinken“, antwortete sie, und versuchte, gelassen zu wirken, obwohl sie mehr als nervös aussah.
„Vielleicht solltest du lieber was anderes trinken“, schlug er vor. „Wie wäre es mit einem Tee? Das soll beruhigend wirken, habe ich gehört.“
Sie schaute ihn stumm an, aber wenn sie so aussah, wie sie sich fühlte, hatte er wohl recht.
Wir wissen doch beide, dass du nicht in der Lage warst, so ein Geschäft zu führen ...
Seine Worte vom letzten Mal hallten durch ihren Kopf und

Celestia dachte daran, wie sie sich verhalten würde, wenn sie in diesem Moment alleine wäre. Wahrscheinlich würde sie sich am Boden zusammenkauern und so lange weinen, bis sie die Gedanken vertrieben hatte.
Ohne etwas zu sagen, ging sie ins Bad und versuchte, die Tränen zu verdrängen, die sich ihren Weg nach draußen suchten.
Nicht weinen, redete sie sich ein. *Bloß nicht weinen.*

KAPITEL 7

Es waren mehrere Tage vergangen, die alle fast gleich abliefen.
Noch hatte sie nichts gebacken, weil ihr einfach nicht danach gewesen war. Doch heute würde sie es angreifen.
Erst würde sie ein schönes Frühstück zubereiten und sich danach ganz dem Backen widmen.
Während sie das Frühstück machte, trank sie ihren Kaffee und konnte das Gefühl nicht deuten, das sich in ihrer Brust breitmachte. Ihr Herz fühlte sich nicht an wie ein Fels, der sie mit jedem Schritt runterzog.
Celestia nahm an, dass dies an ihrer Vorfreude fürs Backen lag.
Dann stellte sie die Pfanne auf den Herd, die Schüssel mit dem Teig daneben und begann, Pfannkuchen zu backen. Sie briet noch ein paar Würstchen und machte Rührei dazu.
Sie verteilte alles auf zwei Teller, goss noch ein wenig Ahornsirup über die Pfannkuchen und stellte sie auf den Küchentisch.
„Dir scheinen die Tierdokumentationen ja richtig zu gefallen." Er schaute sich gerade eine Dokumentation über Eisbären an und warf ihr nun einen verwunderten Blick zu.
„Nun ja, ich finde sie durchaus interessant."
„Wusstest du, dass Eisbären keinen Winterschlaf halten?", fragte sie.
„Hm, das macht Sinn."

„Ich habe Frühstück gemacht. Es wäre schön, wenn wir zusammen essen. Ich bin sicher, es wird dir schmecken."
„Würdest du bitte damit aufhören?", fragte er und kam ebenfalls in die Küche. „Ich habe noch nie gegessen oder getrunken und habe das auch zukünftig nicht vor", sagte er und warf den Tellern angeekelte Blicke zu.
„Und wenn ich ehrlich bin, sieht das nicht wirklich nach etwas aus, das ich mir freiwillig antun würde."
„Du übertreibst", sagte sie. „Probiere es doch erst mal."
„Zum letzten Mal: Nein, danke."
„Wie du willst", sagte Celestia und stocherte enttäuscht in ihrem Rührei herum.
Dann geh doch einfach, dachte sie.
Die Zuversicht, die sie anfangs noch hatte, ließ jeden Tag etwas nach. Es war doch nicht so okay, dass er ständig um sie herum war.
Er war da, wenn sie aufwachte, und er war da, wenn sie versuchte, einzuschlafen. Und auch sonst war er immer da.
Als sie so in Gedanken versunken war und über die letzten Tage nachdachte, klingelte ihr Handy und holte sie wieder aus ihren Grübeleien in die reale Welt. Sie schaute auf das Display und machte große Augen.
„Oh nein! Es ist Mrs. Pearl", sagte sie dann aufgeregt.
„Sie ist bestimmt sauer auf mich, weil ich ihr nicht mal Bescheid gesagt habe ..."
„Gehst du denn nicht ran?", fragte er, aber da war das Klingeln schon verstummt.
„Am besten rufe ich sie zurück ... aber was sage ich ihr?"
Er zuckte mit den Schultern. Woher sollte er das wissen?
Eigentlich kam ihr das sogar ganz gelegen. Sie hatte so-

wieso vorgehabt, Mrs. Pearl zum Abschied zu sich einzuladen, doch hatte sie sich noch nicht getraut.
Jetzt hatte sie die Chance, es zu tun.

„Mrs. Pearl wird uns übermorgen besuchen kommen", sagte sie dann, als sie mit dem Telefonat fertig war. Sie wirkte aufgeregt, aber auch zufrieden.
„Also von dir habe ich ihr noch nichts erzählt, aber ... hm, wer bist du?", fragte sie gedankenverloren in die Luft starrend, doch als sie ihn anschaute, bereute sie es sofort. Auch wenn seine Miene die meiste Zeit über undurchdringlich wirkte, merkte sie genau, wann er sich gekränkt fühlte.
Wer bist du? Geht's noch?
„Ich meine, als wen soll ich dich vorstellen? Sie weiß, dass ich keine Freunde habe ..." Erst als sie es aussprach, merkte sie, wie traurig es sich anhörte.
Er zuckte gleichgültig mit den Schultern und das Unbehagen, das Celestia vor Kurzem erst verlassen hatte, schien wieder eingekehrt zu sein.
„Tut mir leid", sagte sie dann und hoffte, er war nicht allzu sauer auf sie.
„Was denn?"
„Dass ich das so gesagt habe. Ich wollte dich nicht kränken, es ist einfach so ..."
„Du kannst mich nicht kränken", sagte er. „Auch wenn du es wolltest." Er lehnte sich zurück und war wieder rücksichtlos wie sonst auch.
„Ich bin kein Mensch", fügte er dann hinzu. „Weder du noch deine Worte können mich kränken. Ich empfin-

de nichts gegenüber euch Menschen, weil ich vor langer Zeit beschlossen habe, nichts zu fühlen. Weder Wut noch Trauer oder sonst etwas, weil ihr nämlich bedeutungslos seid. Hör auf, mich zu behandeln, als wäre ich einer von euch. Nur weil ich mich ab und zu auf ein Gespräch mit dir einlasse, heißt das nicht, dass wir gleich sind. Oder du die Macht hättest, *mich* zu kränken."
Celestia biss sich auf die Unterlippe und schaute auf den Boden.
Das passte genau zu ihm, dachte sie. So gemein zu sein.
„Wenn ich mich mit dir unterhalte, dann nur, weil dein Leben so armselig ist und ich die Langeweile nicht ausstehen kann."
„Ich habe schon verstanden ..."
Sie knallte die Tür hinter sich zu und verschwand in ihrem Zimmer. Sie kroch in ihre Decke, obwohl sie vor Wut brannte. So ein Idiot, dachte sie. Und dabei hatte der Tag so schön begonnen.

KAPITEL 8

Celestia hatte an diesem Tag ihr Zimmer kein einziges Mal verlassen. Sie war wütend, aber auch verletzt.
Wie konnte man so gemein zu jemandem sein, dessen Leben in Kürze enden würde?
Natürlich war ihr Leben armselig und langweilig, das wusste sie ja selbst, aber deshalb musste man es ihr nicht so kalt ins Gesicht sagen, oder?
Sie fragte sich, ob das vielleicht die Konsequenz dafür war, dass ihr Wunsch in Erfüllung gehen würde. Rund um die Uhr jemanden bei sich zu haben, der sie ständig schlecht fühlen ließ.
Am nächsten Tag beschloss sie, sie würde sich nicht von ihm aufhalten lassen, alles durchzuführen, was sie geplant hatte.
Also frühstückte sie wieder, und während sie das Geschirr spülte, stand er plötzlich neben ihr, ohne dass sie seine Schritte gehört hatte.
„Alles okay?", fragte er und grinste sie dabei so breit an, dass seine Grübchen zum ersten Mal zum Vorschein kamen. Sein Gesicht war so schön, dass man einfach nicht sauer auf ihn sein konnte, auch wenn in seinem Gesichtsausdruck ein Hauch Arroganz enthalten war. Celestia schaute schnell wieder weg und hatte nicht vor, mit ihm zu reden. In den letzten Tagen hatte sie nur versucht, nett zu sein und diese Situation wenigstens ein wenig angenehmer zu machen. Aber sie würde seine Worte nicht vergessen.
„Bist du noch sauer?", fragte er dann.

Keine Antwort.
„Redest du nicht mehr mit mir?"
Celestia tat so, als würde sie ihn gar nicht hören und bemühte sich, ihn so gut wie möglich zu ignorieren. Als sie mit dem Spülen fertig war, holte sie alle Zutaten heraus, die sie zum Backen benötigte.
Er stand immer noch neben ihr und beobachtete sie.
Sie atmete auf und schaute ihn dann kurz an.
„Würdest du mich bitte in Ruhe lassen?"
„Okay", sagte er und hob abwehrend beide Hände. „Ich wollte bloß sagen, dass ich das gestern nicht so gemeint habe."
Celestia klatschte sich das Mehl aus den Händen und schaute ihm dann ihn die Augen, ohne etwas zu sagen. Anscheinend meinte er es ernst. Zwar kannte sie ihn nicht wirklich, aber sie konnte einschätzen, wann er etwas ernst meinte und wann nicht.
„Warum sagst du mir das? Es sollte dir doch gelegen kommen, dass ich nicht mehr mit dir reden will. Dann kann ich dich mit meinem armseligen Leben auch nicht mehr nerven."
„Ich finde dein Leben nicht armselig, okay? Ich war wütend, aber ich wollte wirklich nicht gemein sein."
„Schon okay, du hast ja recht. Würdest du mich jetzt bitte in Ruhe lassen?"
„Aber du bist immer noch wütend ..."
„Was ist eigentlich dein Problem?", fragte sie jetzt aufgebracht.
„Mal bist du die Ernsthaftigkeit in Person, man kann mit dir über nichts reden, und im nächsten Moment verhältst

du dich wie ein Kind ..."
Er legte den Kopf schief und zog eine beleidigte Miene, was bei jedem anderen unglaublich abstoßend gewirkt hätte, bei ihm aber dank seines Charmes einen unbeschreiblich süßen, aber auch anziehenden Eindruck machte.
„Oh Gott!" Sie schlug sich verzweifelt auf die Stirn. „Geh doch einfach wieder dahin zurück, wo du hingehörst."
Mit einem Mal wurde er wieder ernst. „So einen Ort gibt es nicht." Celestia musste seine Gedanken nicht kennen, um zu sehen, wie sehr ihn diese Tatsache bedrückte.
„Ich bin immer hier, immer unter deinesgleichen. Aber ich gehöre nicht hierher. Ich gehöre nirgendwohin ..."
Als er den Blick senkte und versuchte, Celestias Blicken auszuweichen, bemerkte sie zum ersten Mal etwas an ihm, was ihr zuvor nie aufgefallen war: Zerbrechlichkeit. Er wirkte so zerbrechlich, dass sie glaubte, er würde jeden Moment in Tränen ausbrechen, auch wenn sich Celestia das nicht wirklich vorstellen konnte.
„Es tut mir leid", sagte sie dann und ertappte sich selbst dabei, wie sie Mitleid für ihn empfand.
Ja, sie bemitleidete ihn für seine Einsamkeit. Er war sogar noch einsamer als sie, denn sie hatte einen Ort, den sie ihr Zuhause nennen konnte, sie hatte Eltern gehabt. Die Erinnerungen an sie hatten sie immer begleitet, und auch wenn sie nun allein war, wusste sie genau, wie es war, eine Familie zu haben.
Er kannte nichts von alledem.
Sie konnte seine Einsamkeit förmlich spüren.
„Ich bin nicht wütend", sagte sie dann und lächelte ihn vorsichtig an. Der traurige Ausdruck in seinen Augen war

augenblicklich verschwunden und er versuchte wieder, seine wahren Gefühle zu verbergen.
„Dann würde ich gerne etwas vorschlagen. Wir sollten diese Situation nicht noch schlimmer machen, als sie schon ist. Schließlich sind wir so etwas wie Geschäftspartner, richtig?"

KAPITEL 9

Celestia war gerade dabei, Zimtschnecken zu backen, die perfekt zu dieser Jahreszeit passten. Als sie das erste fertige Blech aus dem Ofen holte, hatte der unwiderstehliche Duft bereits ihre ganze Küche eingenommen. Der Geruch von süßem Zimt lag in der Luft.
„Dürfte ich eins probieren?", fragte er dann plötzlich und Celestia weitete vor Verwunderung die Augen.
Das Lächeln in seinem Gesicht sagte alles. Er versuchte immer noch, seine Worte wiedergutzumachen, weshalb Celestia im Moment so gerührt war, dass sie hätte weinen können.
„Wirklich?", fragte sie sichtlich erfreut darüber, dass er etwas essen wollte. Er nickte leicht und wartete darauf, dass sie ihm etwas von dem Gebäck gab.
Celestia strahlte vor Freude und überreichte ihm ein Stück des Gebäcks, fühlte sich aber so stolz wie eine Mutter, die dabei zusah, wie ihrem Kind eine Medaille verliehen wurde.
Sie beobachtete ihn genau, während er reinbiss und kaute.
„Und?", fragte sie dann ungeduldig.
„Es ist ... nicht so schlecht, wie ich dachte", sagte er.
„Aw, wirklich?" Nicht nur die Tatsache, dass sie sich immer so freute, wenn andere von ihrem Gebäck probierten, auch dass er derjenige war, der sie probierte, machte sie so froh. Schließlich hatte er vor Kurzem gesagt, er hätte nicht vor, jemals etwas zu essen.
„Aber was willst du eigentlich mit so vielen Zimtschnecken machen, wenn ich fragen darf?" Er hatte sich gegen die Einbauküche angelehnt und stützte sich mit einem

Arm darauf ab.
„Du siehst nicht aus wie jemand, der so viel essen kann."
Celestia lachte unwillkürlich.
„Ich werde sie auch nicht alle essen", sagte sie und schüttelte dabei mit dem Kopf. „Wir werden sie verschenken."
„Verschenken? An wen?"
Der Wind schlug ihnen schneidend ins Gesicht, als sie sich auf den Weg machten. Es hatte früh am Morgen geregnet und die Luft war feucht und bitterkalt. Die Straßen waren ungemütlich nass, doch der Geruch von Regen war das trübe Wetter wert.
Sie mussten mit dem Bus fahren und dann noch ein Stück laufen, bis sie beim Waisenhaus von Staten Island ankamen. Als sie aus dem Bus ausstiegen, merkte Celestia, dass ein merkwürdiger Ausdruck in seinem Gesicht lag.
„Was ist los?", fragte sie. „Findest du es sehr abwegig, dass wir hier sind?"
„Nein, nur sonderbar." Er ließ seinen Blick über die ruhige Allee vor ihnen wandern, über die goldbraunen Blätter, die überall auf dem Boden lagen und unter ihren Füßen raschelten.
„Warum sonderbar?"
„Ich finde es sonderbar, dass du in deiner Lage an andere denkst."
„In meiner Lage?" Sie blieb abrupt stehen und wandte sich ihm zu. „Was soll das heißen?"
„Du weißt schon", erwiderte er ausweichend und zuckte mit den breiten Schultern, während er mit großen Schritten weiterschlenderte.
„Was?" Celestia blieb weiterhin stehen und schaute ihm

hinterher. Er seufzte tief und drehte sich wieder zu ihr um. Der Gürtel seines Trenchcoats, der von beiden Seiten herabhing, wurde von einem plötzlichen Windstoß hin und her geweht. Die Bäume rauschten im Wind, als hätten sie ihre Laune geändert.

„Stimmungsschwankungen, echt unerträglich." Verärgert über das Wetter schüttelte er mit dem Kopf, doch Celestia blickte ihn weiterhin fragend an. Ihr braunes Haar flatterte wild durcheinander.

„Wenn du es so genau wissen willst", sagte er und kam ein paar Schritte zurück, da sie sich kein Stück bewegt hatte. „Ich meine kurz vor deinem Ende, kurz bevor du stirbst, kurz bevor du diese Welt verlässt, kurz bevor ..."

„Ich hab´s begriffen", sagte sie dann beleidigt.

„Ich will mich nicht wieder streiten", wandte er ein. „Du wolltest es wissen."

„Danke für deine ausführliche Erklärung." Nun lief sie weiter und fühlte sich schlecht, dass sie sich gekränkt fühlte, obwohl er eigentlich nur das ausgesprochen hatte, was auf der Hand lag.

„Du bist echt komisch", meinte er. „Wenn ich es nicht sage, regst du dich auf, und wenn ich es tue, regst du dich auch auf ... Kann man es dir überhaupt irgendwie recht machen?"

„Na schön", gab sie zu und hielt inne. „Du hast ja recht, ich sollte mich nicht aufregen. Aber schließlich kostet nett sein nichts, oder? Du könntest es mal probieren."

„Denkst du etwa, du bist nett?"

Sie zögerte verunsichert. „Bin ich es etwa nicht?"

Er verfiel in schallendes Gelächter, während sie ihn böse anfunkelte.

„Du bist der fieseste Mensch, der mir je begegnet ist“, log er und räusperte sich kurz.
„Übertreibung des Jahrhunderts“, sagte sie und verdrehte genervt die Augen.
„Okay, du bist nicht fies, bloß sehr griesgrämig ...“
„Ich? *Du* bist griesgrämig!“
„Wir sind es beide“, sagte er.
„Auf jeden Fall ... die Art und Weise, wie du etwas sagst, regt mich manchmal eben auf. Tut mir leid.“
„Welche Art und Weise denn?“
„Unbeteiligt ... und kalt.“
„So bin ich nun mal, ich bin kein Mensch.“
„Du solltest wirklich aufhören, das ständig zu wiederholen. Langsam wird es nervig.“
„Ich bin kein Mensch und ich bin nicht nett, vergiss das nicht. Das passt nicht zu mir, denn ich bin nicht gut.“
„Definiere nicht gut“, forderte sie.
„Was würdest du sagen, was das Gegenteil von gut ist?“, wollte er wissen.
„Böse?“
„Genau das bin ich“, antwortete er. „Mit so jemandem bist du einen Deal eingegangen.“
Seine sich ständig ändernde Art raubte Celestia noch den Verstand. Mal lächelte er und scherzte und im nächsten Moment war er wie ausgewechselt.
„Bist du irgendwann mal auf den Kopf gefallen?“, fragte sie dann. „Eine andere Erklärung kann ich mir für dein Verhalten nicht vorstellen.“
„Ein Menschenleben ist eine Strafe“, erzählte er dann, ohne auf ihre Frage einzugehen. „Ein Todesurteil.“

„Wow", sagte sie wenig beeindruckt.
„Die größte Strafe, die einem Wesen wie mir zuteilwird, ist es, zu einem Menschenleben verdammt zu werden. Ein Wesen, das dazu erschaffen wurde, bis in die Ewigkeit zu existieren – kannst du dir vorstellen, wie kurz und qualvoll ein solches Leben für jemanden wie mich wäre?"
Celestia antwortete nicht, aber sie hielt seinem Blick stand.
Sie hatte die Augenbrauen zusammengezogen und verstand ihn nun besser. Wenn auch nur ein kleines bisschen.
„Ein Augenschlag, ein Moment, und schon vorbei", antwortete er sich selbst.
Sie nickte ernst.
„Außerdem seid ihr wie Spielzeuge", sagte er dann. Celestia schaute verwundert auf.
„Ihr droht bei jedem noch so kleinen Unheil kaputtzugehen. Zu zerbrechen."
Darüber musste sie lachen.
„Das ist die absurdeste Beleidigung, die ich je gehört habe."

Auf dem Rückweg musste Celestia plötzlich daran denken, wie die Dame am Empfang sie nach ihrem Namen gefragt hatte.
Mein Name, hallte ihr durch den Kopf. Zum ersten Mal fiel ihr auf, dass er gar keinen Namen hatte. Zumindest kannte sie ihn nicht.
„Darf ich dich was fragen?" Celestia wirkte nervös. Sie wollte nicht wieder die Grenze überschreiten und ihn wütend machen, aber sie hielt es nicht aus.

„Ja?"
„Hast du einen Namen?", fragte sie dann. „Ich frage nur, weil mir vorhin aufgefallen ist, dass ich ..."
„Nein."
Sie nickte und wollte es dabei belassen, doch als sie dann später in ihrem Bett lag, konnte sie nicht aufhören, daran zu denken.
Jeder sollte einen Namen haben, dachte sie. Jeder hat einen Namen verdient. Es war nach Mitternacht und er lag gerade auf der Couch und schien in Gedanken versunken zu sein, als sie aus ihrem Zimmer stürmte.
„Darf ich dir einen Namen vorschlagen?"

KAPITEL 10

„Ich brauche keinen Namen", beharrte er.
„Jeder braucht einen Namen."
„Nein, eigentlich hat jeder einen und ich habe nun mal keinen."
„Aber wie soll ich dich dann nennen? Bitte, lass mich einen aussuchen. Ich habe auch schon eine Idee."
Er warf ihr einen misstrauischen Blick zu und seufzte verzweifelt.
„Bitte sag nicht Azrael."
„Hatte ich nicht vor", sagte sie und schüttelte den Kopf. „Aber wie wäre es mit Jaro?"
„Jaro? Wie um alles in der Welt kommst du auf Jaro?"
„Es passt so gut zu dir. Kann ich dich so nennen?"
„Du kannst mich nennen, wie du willst. Das ändert nichts daran, dass es nicht echt ist."
„Na gut", sagte sie und gab auf. Es würde eh nichts bringen, wenn sie es weiterhin versuchte.
Am nächsten Morgen konnte Celestia vor Aufregung nicht mal frühstücken. Mrs. Pearl würde sie besuchen kommen! Sie freute sich unglaublich, hatte aber auch etwas Angst. Sie würde sich heute von ihr verabschieden. Es klang leichter, als es war. Aber daran sollte sie jetzt nicht denken.
Celestia fand es sinnvoll, sich für diesen Abend etwas zurechtzumachen. Deshalb stand sie gerade vor ihrem Kleiderschrank, doch irgendwie sagte ihr keins ihrer Kleidungsstücke zu.
Sollte sie ein Hemd anziehen?

Nein, zu förmlich.
Aber alles andere wirkte viel zu einfach. Sie wollte nicht einfach irgendwas anziehen und auch nicht wie immer aussehen.
Es war schließlich das letzte Mal, dass Mrs. Pearl sie zu Gesicht bekam. Sie holte das smaragdgrüne Kleid raus und betrachte es erst mal eine Weile. War das zu viel?
Nein, eigentlich war es sogar ziemlich passend, aber da sie sonst nie Kleider trug, kam es ihr etwas komisch vor. Doch als sie es anprobierte und sich im Spiegel betrachtete, verschwanden ihre Zweifel im Nu. Das Kleid war perfekt für diesen Abend.
Man konnte sagen, dass es ein ziemlich schlichtes Kleid war. Die Ärmel gingen bis zum Ellbogen und der Rock endete auf Kniehöhe. Es hatte einen V-Ausschnitt, was ihre Schultern betonte und ihr im Gesamtbild einen Hauch von Zartheit verlieh. Sie wirkte zierlich. Wie eine Puppe.
Als sie auf die Uhr schaute und feststellte, dass Mrs. Pearl schon bald da sein würde, öffnete sie die Schublade der Kommode und nahm einige Schminkartikel heraus. Sie wollte es damit aber nicht übertreiben. Sie wollte nur lebendig aussehen und nicht müde, wie immer.
Erst verteilte sie etwas von ihrem Concealer unter die Augen, dann benutzte sie ihre Wimperntusche, die dafür sorgte, dass ihre kurzen Wimpern mehr Volumen bekamen und ihre Augen somit mehr strahlten und noch größer wirkten.
Dann benutzte sie den violetten Lippenstift, aber sie tupfte es sich nur leicht über die Lippen und auch auf ihre Wangen.

Ihre karamellfarbenen Haare, die durch den Kontrast zu dem strahlenden Grün ihres Kleides mehr ins Auge stachen, hatte sie wie fast immer offen gelassen.
Sie stellte sich erneut vor den Spiegel. Sie hatte sich nicht viel verändert und sie sah auch nicht aus wie jemand anderes. Aber wenigstens sah sie nicht mehr aus wie ein Zombie und das hatte sie auch gewollt. Sie wirkte wie ein Mensch, der lebte. Wie jemand, der sein Leben genoss.
Sie seufzte tief, strich sich noch einmal das Kleid glatt und ging ins Wohnzimmer. Mrs. Pearl würde jeden Moment da sein.
Als er sie erblickte, stockte ihm für einen Augenblick der Atem.
Im ersten Moment hätte er gar nicht sagen können, was anders an ihr war, aber trotzdem konnte er sein Blick nicht von ihr abwenden. Celestia schloss ihre Zimmertür mit einem leichten Quietschen und setzte sich ungeduldig auf das Einzelsofa. Ihm fiel auf, dass er sie immer noch anschaute, weshalb er schnell den Blick abwandte.
Es vergingen mehrere Minuten. Keiner sagte was. Beide warteten darauf, dass es endlich an der Tür klingelte.
„Eigentlich hätte sie schon da sein müssen", sagte Celestia dann unruhig. „Vielleicht sollte ich sie anrufen."
Sie zog das Handy heraus, und bevor sie ihre Nummer gefunden hatte, klingelte es schon an der Tür.
„Oh, sie ist da." Sie sprang aufgeregt auf und strich sich noch mal über das Kleid. Sie gingen zusammen zur Tür und als sie Mrs. Pearl erblickte, fühlte sie, wie sehr sie sie vermisst hatte.
„Hallo, Schätzchen." Mrs. Pearl zögerte nicht, umarmte sie

fest und gab ihr dann einen Kuss auf die Wange.
„Wie sehr habe ich Sie vermisst", sagte sie dann und lächelte breit. Sie trug einen langen Rock und einen dunkelgrauen Mantel, den sie nun auszog.
„Ach, hallo", sagte sie dann, als sie den Fremden bemerkte, und warf Celestia dann neugierige Blicke zu.
„Ich glaube, Ihren Freund kenne ich noch nicht."
„Ja, Mrs. Pearl. Das ist ... ähm ..." Celestia wusste nicht, was sie sagen sollte. Sie befürchtete, ihm würde es nicht besonders gefallen, wenn sie ihn nun mit einem Namen vorstellte, und ihr kam es auch heuchlerisch vor.
„Hallo, Mrs. Pearl", übernahm er dann zu Celestias Überraschung das Wort.
„Ich habe schon so viel von Ihnen gehört, dass es mir vorkommt, als würde ich Sie schon ewig kennen." Er streckte die Hand aus und lächelte ihr höflich zu. „Ich bin Jaro."
Celestia schaute verwundert auf. Hatte er das tatsächlich gesagt?
Sie brauchte eine Weile, um sich zu fassen, und räusperte sich dann schnell. Mrs. Pearl ignorierte seine Hand und umarmte ihn ebenfalls, weshalb er hilflos zu Celestia blickte.
„Kommen Sie, setzen wir uns erst mal."
Sie und Jaro hatten auf der Couch Platz genommen und ihrem Besuch das Einzelsofa überlassen.
„Sie können sich nicht vorstellen, wie sehr ich mich über Ihre Einladung gefreut habe, Schätzchen. Und jetzt, da ich Sie so sehe, geht es mir noch besser. Sie wirken so glücklich. Ich wünsche Ihnen alles Glück der Welt."
„Danke, Mrs. Pearl. Das wünsche ich Ihnen auch."

„Und, ihr Turteltäubchen, wie habt ihr euch denn kennengelernt?" Sie klatschte sich in die Hände, als wäre sie Zuschauerin bei der Entdeckung des achten Weltwunders.
„Oh ...", sagte Celestia. „Nein, Mrs. Pearl, wir sind nicht ... wir sind nur ... wir sind nur Freunde." Fast hätte sie *Geschäftspartner* gesagt.
„Ach, so ist das! Das habe ich falsch verstanden, Kinder. Ihr seht so gut zusammen aus, dass man gleich annimmt, ihr wärt ein Paar." Sie schüttelte lächelnd den Kopf und rückte sich dann die Brille zurecht.
„Oh, und was ist das für ein außergewöhnlicher Name! Jaro! Was bedeutet das?"
Er warf Celestia wieder hilflose Blicke zu.
Sie war sich unsicher, ob sie die Wahrheit sagen sollte. Schon jetzt spürte sie die Wärme in ihre Wangen steigen. Für eine Sekunde zog sie es in Erwägung, zu lügen, aber auf die Schnelle wollte ihr keine andere Bedeutung einfallen.
„Es bedeutet Licht in der Nacht", sagte sie dann wahrheitsgemäß und schaute an ihm vorbei zu Mrs. Pearl, obwohl ihr nicht entging, wie er die Augenbrauen hochzog und sie überrascht anblickte.

KAPITEL 11

Mrs. Pearl wollte wissen, wie sie sich kennengelernt hatten. „Ich habe noch nichts über Sie gehört, deshalb frage ich."
Celestia überlegte kurz und sagte das Erstbeste, was ihr in den Sinn kam.
„Am Strand", kam es ihr aus dem Mund geschossen, doch als sie Mrs. Pearls fragende Blicke sah, wusste sie, dass sie sich mit dieser Information nicht zufriedengeben würde. Sie wollte mehr Details.
„Also ich war am Strand", erzählte sie dann weiter.
„Ich lief eine Weile, weil es mir nicht besonders gut ging, und setzte mich dann einfach hin, um ein bisschen das Meer anzuschauen. Und ehe ich mich versah, begann ich zu weinen." Celestia lächelte nervös, bevor sie ihre Geschichte weitererzählte.
„Es war bereits dunkel geworden und ich dachte, ich wäre die Einzige, die sich um die Uhrzeit noch dort befand, doch Jaro war auch da", sagte sie dann. „Er ... ähm ..." Sie warf ihm einen Blick zu, deutlich verunsichert.
„Ich wollte eigentlich nur ein bisschen spazieren", fuhr er dann fort.
„Da sah ich sie und machte mir Sorgen. Ihr Gesicht sah so aus, als hätte man ein Eimer Wasser darüber verschüttet."
Celestia lächelte zufrieden.
„Da ging ich zu ihr und bot ihr ein Taschentuch an. Ich sagte noch: *Ich glaube kaum, dass dir eins reichen wird, aber leider ist das mein letztes*. Sie lachte und hörte auf zu weinen."

Mrs. Pearl klatschte wieder in die Hände und man konnte ihrem Gesichtsausdruck entnehmen, dass sie sich nur mit Mühe davon abhielt, *„Ach, wie romantisch"* zu sagen.
„Was würden Sie denn gerne trinken?", fragte Celestia dann, um dem Thema ein Ende zu setzen.
„Kaffee, Tee? Ich habe auch entkoffeinierten Kaffee da, falls Sie so spät kein Koffein mehr zu sich nehmen wollen."
„Das wäre wirklich spitze, danke."
Dann lief sie in die Küche und holte auch gleich den Karottenkuchen aus dem Kühlschrank. Sie kam mit einem Tablett mit drei Tassen Kaffee und drei Stücken Kuchen wieder zurück.
„Sie übertreffen sich jedes Mal selbst", sagte Mrs. Pearl begeistert, als sie ein Stück davon probiert hatte.
„Ich übertreibe nicht, wenn ich sage, es ist der beste Karottenkuchen, den ich bis jetzt probiert habe. Und ich habe schon viele probiert!" Celestias Geheimnis war ihre spezielle Mascarponecreme. Sie änderte Rezepte immer so lange um, bis sie es für perfekt hielt.
„Danke, Mrs. Pearl. Es freut mich, dass es Ihnen schmeckt."
Auch Jaro aß davon, obwohl auf seinem Gesicht ein leidender Ausdruck lag.
„Wissen Sie, jedes Mal, wenn ich etwas backe, endet es in einer Katastrophe. Manchmal vergesse ich eine Zutat und einmal, da habe ich sogar vergessen, dass ich etwas im Ofen hatte." Sie klatschte sich wieder aufgeregt in die Hände und warf ihren Kopf beim Lachen in den Nacken.
„Sowas kann immer mal passieren."
„Ja, das ist mir nur ein einziges Mal passiert, danach nie wieder."

„Das klingt doch gut."
„Weil ich den Ofen nicht nochmal benutzt habe."
Celestia musste unwillkürlich lachen. Mrs. Pearls Ausstrahlung war einfach ansteckend, man konnte nicht anders, als sich ihr anzuschließen.
„Und Celestia, was haben Sie denn jetzt vor? Ich möchte Sie auf keinen Fall dafür verurteilen, dass Sie Ihre Stelle aufgegeben haben, bitte verstehen Sie mich nicht falsch. Aber wie soll es denn nun weitergehen?"
„Ich weiß es noch nicht, Mrs. Pearl. Ich brauche erst mal eine Weile Pause, bevor ich mir wieder Gedanken über meine Zukunft mache." *Wenn sie nur wüsste, dass ich keine Zukunft habe,* dachte Celestia und fühlte sich mit einem Mal schlecht, als würde sie Mrs. Pearl hintergehen.
„Das kann ich verstehen. All die Jahre haben Sie sich kaum um sich selbst gekümmert, das haben Sie einfach gebraucht. Auch wenn ich natürlich traurig bin, Sie nicht mehr jeden Tag sehen zu können, freue ich mich, dass Sie endlich eingesehen haben, dass Ihr Leben wichtiger ist als die Arbeit."
„Da haben Sie recht", erwiderte sie, ohne ihr in die Augen zu sehen.
Zum ersten Mal fragte sie sich, wann ihr Leben so dermaßen aus dem Ruder gelaufen war, dass sie bereit war, alles aufzugeben. Sich aufzugeben.
Ja, sie war unglücklich. Aber damit war sie nicht die Einzige auf der Welt.

Diese Gedanken verließen sie auch nicht, als Mrs. Pearl gegangen war. Es überkam sie ein Gefühl von Schuld. Sie

fühlte sich schuldig, dass sie es sich so leicht machte. Sie wälzte sich hin und her und als sie einsah, dass sie nicht mehr einschlafen konnte, beschloss sie, zu Jaro zu gehen und mit ihm zu reden.
„Kannst du nicht schlafen?"
„Ja. Könnte ich mich hier schlafen legen? Wir könnten reden ..."
„Es ist deine Wohnung", erinnerte er sie. „Du kannst schlafen, wo du willst."
Sie nickte und lief zurück in ihr Zimmer, um ihre Matratze zu holen.
Dann klemmte sie sich ihr Kissen unter den rechten Arm und legte beide Arme um ihre Decke, weshalb ihr Blick verdeckt wurde und sie nicht mehr nach vorne blicken konnte. Bedacht darauf, nicht hinzufallen, lief sie vorsichtig wieder zurück und ließ die Sachen auf die Matratze fallen, die sie neben den kleinen Tisch gelegt hatte.
„Gut, das müsste reichen", sagte sie, setzte sich im Schneidersitz auf die Matratze und fühlte, wie die Erschöpfung des ganzen Tages ihren Körper durchflutete.
„Du siehst müde aus."
„Eigentlich sehe ich immer müde aus."
Sie machte sich das Kissen zurecht, legte sich auf den Rücken und starrte mit müden Augen auf die Decke. Auch er legte sich mit seinem Hinterkopf auf die Sofalehne.
„Weißt du", sagte sie dann. „An dem Tag, an dem ich mich dafür entschieden habe, da hatte ich noch über dich nachgedacht."
„Tatsächlich?"
„Ich habe mich gefragt, wie ich mich entscheiden würde,

wenn du wiederkommst. Und ich wusste es nicht."
„Bereust du es, Ja gesagt zu haben?"
„Ich denke nur, vielleicht hätte ich mich anderes entschieden, wenn der Tag anders verlaufen wäre."
„Hm."
„Findest du, ich bin egoistisch?", stellte sie dann die Frage, die sie schon seit Stunden beschäftigte.
„Egoistisch? Warum das?"
„Na ja, andere Menschen haben ja auch Probleme und irgendwie scheinen sie damit fertigzuwerden. Obwohl einige sogar viel größere Probleme haben. Und ich lasse mich irgendwie so leicht beeinflussen und bin viel zu emotional. Es fühlt sich so an, als würde ich ständig aus einer Fliege einen Elefanten machen. Als würde jede Kleinigkeit mich aus der Bahn werfen."
„So, wie ich die Menschen kenne, kann ich dir nur sagen: Jedes Problem ist ein Elefant. So behandeln es jedenfalls die meisten, da bist du nicht allein. Es muss nicht erst etwas unglaublich Schlimmes passieren, bis du das Recht hast, dich schlecht zu fühlen. Und vielleicht tröstet es dich ja, es gibt Menschen, die sich noch mehr aus der Bahn werfen lassen, weil sie ihren Kaffee verschüttet haben oder ihre Lieblingschips alle sind."
„Da ist schon was dran", stimmte sie ihm zu.
„Wenn du dich mit jedem Menschen auf der Welt vergleichen würdest, würdest du dich schämen, dir überhaupt jemals Sorgen gemacht zu haben. Weil anderen Menschen Schlimmeres widerfährt, heißt das nicht, dass du mit deinem Leben nicht unzufrieden sein darfst. Was ich sagen will, ist, für jeden erscheint sein eigenes Problem riesig und ... das ist okay."

„Danke."
„Sie mag dich wirklich", sagte er dann aus heiterem Himmel. „Ich meine Mrs. Pearl."
Auf Celestias Gesicht breitete sich unwillkürlich ein zufriedenes Lächeln aus.
„Ich mag sie auch."
„Und sie hat uns nicht geglaubt ..."
„Was nicht geglaubt?"
„Dass wir nur Freunde sind. Sie denkt, wir hätten gelogen, aber sie hat sich trotzdem für uns gefreut."
„Oh", machte Celestia. „Sie hat sich nichts anmerken lassen."
„Sie wollte dich nicht kränken", sagte er. „Ihr liegt viel an deinem Glück. Wusstest du, dass sie mit Vornamen Rosalinda heißt?"
„Rosalinda", wiederholte sie. „Ich habe sie nie danach gefragt. Jaro?" Es war das erste Mal, dass sie ihn direkt so ansprach. Sie wusste nicht, wie er reagieren würde, aber sie hoffte, er würde es ihr nicht übel nehmen.
„Ja?" Sie atmete auf.
„Was meinen letzten Wunsch angeht ... ich habe nämlich nachgedacht und wollte fragen, wo denn die Grenze liegt. Schließlich muss ich doch wissen, ob du ihn mir wirklich erfüllen kannst, bevor ich ihn dir verrate."
Er schaute überrascht auf.
„Das kommt natürlich darauf an", sagte er. „Wenn du ihn mir sagst, kann ich dir die Grenze nennen."
„Warum kannst du sie mir nicht einfach so nennen?", fragte sie ein wenig verunsichert.
„Oh, ich könnte, wenn ich wollte", sagte er frech.

„Du bist so dreist."
Er lachte tonlos. „Dreist, überheblich ... Ich frage mich, was noch alles dazukommt." Er musterte sie genau, während er weitersprach.
„Auf jeden Fall scheint dein Wunsch ziemlich ausgefallen zu sein."
„So ausgefallen ist er nicht", sagte sie dann. „Ich werde mir nur noch etwas über die genaue Formulierung den Kopf zerbrechen. Ich kann mir vorstellen, dass du irgendwas auslässt, nur weil ich es dir nicht explizit genannt habe."
„Wow", sagte er mit gespielter Überraschung.
„Du hast es wirklich geschafft, mich zu durchschauen. Gratuliere."

KAPITEL 12

Celestia räumte gerade ihr Zimmer auf, als sie das Fotoalbum fand.
Obwohl sie sich erst dagegen sträubte, es zu öffnen, hielt sie es nicht aus und warf doch einen Blick hinein.
Auf dem ersten Foto war sie mit ihrem Vater zu sehen, kurz bevor sie auf dem Central Park Lake Ruderboot gefahren waren.
Sie hatten die Boote beim Loeb Boathouse ausgeliehen, während ihre Mutter ihnen verdrießliche Blicke zugeworfen hatte.
Sie hatte Angst vor dem Wasser und so sehr sie versuchte, es ihnen auszureden, schaffte sie es nicht.
Celestia war erst zehn Jahre alt gewesen, trug ein kurzes Sommerkleid mit gelben Blümchenmustern und hatte die Haare zu zwei Zöpfen zusammengebunden.
Sie konnte sich noch genau an ein paar Ausflüge erinnern, die sie gemacht hatten. Oft waren sie in den Zoo gegangen, hatten das Staten-Island-Museum besucht, das für seine Ausstellungen mit Kunstwerken, historischen Stätten, aber auch seine natürlichen und künstlichen Artefakte bekannt war. Und ab und zu bei schönem Wetter hatten sie ein Picknick gemacht, was Celestia immer am meisten in Erinnerung blieb. Die Wiese, die ihre Haut kitzelte, wenn sie barfuß darauf lief, die bunten Blumen, die der Vorbote des Frühlings waren, die Bienen, vor denen sie sich schrecklich fürchtete. Sie schloss die Augen und stellte sich vor, sie würde unter dem klaren blauen Himmel

stehen, die glühende Sonne auf ihrem Gesicht spüren ...
Celestia strich verträumt über die alten Fotos und beschloss, zum Central Park zu fahren. Sie wollte ein letztes Mal zu einem Ort gehen, an dem sie mit ihren Eltern schöne Momente erlebt hatte.
Anders als sonst wollte sie die Erinnerungen nicht verscheuchen.
Da sie eh nichts anderes zu tun hatte, zog sie sich gleich um und machte sich fertig.
„Wir fahren nach Manhattan", sagte sie dann, als sie ihr Zimmer verließ.
„Manhattan?", fragte Jaro verdutzt.
Sie nickte. „Zum Central Park."
Er stand auf und folgte ihr stumm. Als sie dann bei der Staten-Island-Fähre einstiegen, lief Celestia nicht zum Bug des Schiffes, sondern blieb am Heck. Sie lief die erste Treppe hoch, die sie sah, und ganz oben angekommen eilte sie zum hinteren Teil des Schiffes, von wo man das Terminal erblicken konnte. Dann öffnete sie die Türen zum Heck, lief weiter, umschloss mit beiden Händen die Reling und spürte das kalte Metall um ihre Finger. Sie erinnerte sich noch daran, wie sie mit ihren Eltern hier hochgekommen war. Ihr Vater hatte gesagt, man habe hier einen wunderschönen Ausblick.
Sie schloss kurz die Augen und schwelgte in Erinnerungen, während der Wind ihr die Haare um das Gesicht peitschte.
„Von hier aus haben wir einen unglaublichen Ausblick auf die Skyline", erklärte sie dann.
„Und auf die Freiheitsstatue", ergänzte Jaro.

„Bist du schon mal mit der Fähre gefahren?", fragte sie, als ob sie sich das nicht vorstellen konnte.
„Nicht nur einmal", erwiderte er. „Das Meer hat eine beruhigende Wirkung." Er stellte sich neben sie und legte ebenfalls beide Hände auf die Reling.
„Das stimmt", sagte sie. „Es ist, als ob es mit uns spricht. Und aus irgendeinem Grund sagt es immer das Richtige."
Sie drehte sich um, lehnte sich mit dem Rücken gegen die Reling und schaute ihn von der Seite an. Er schien sich tatsächlich an der Aussicht zu erfreuen.
„Ich weiß, was ich mir wünschen möchte", sagte sie dann.
„Ach ja?" Sein Gesichtsausdruck verdüsterte sich mit einem Mal.
„Da ich nicht wusste, ob mein Wunsch auch wirklich in der Größe in Erfüllung gehen würde, wenn ich es übertreibe, habe ich mich etwas zurückgehalten."
Eine Spur von Ungeduld zog sich in seiner Miene auf, als sie ihren Wunsch erwähnte. Das entging auch Celestia nicht.
„Ich wünsche mir, dass jedes Kind aus dem Waisenhaus, das wir besucht haben, ein Zuhause bekommt. Und Eltern, die sie aufrichtig lieben."
Jaro konnte vor Verblüffung nichts sagen. Er hatte das Gesicht verzogen, den Blick auf das Meer gerichtet.
„Du", murmelte er dann vor sich hin, „du wünschst dir ..."
Er schaute sie wieder an und sie konnte die Verwirrung in seinen Augen herauslesen, auch wenn sie es nicht nachvollziehen konnte.
„Das ist dein Wunsch?!"
Sie machte sich auf einmal Sorgen, dass er ihn nun doch

nicht erfüllen konnte.
„Ist das zu viel? Oder zu schwierig?"
Dabei war sie so zuversichtlich gewesen, weil sie es nur bei diesem einen Waisenhaus belassen hatte.
„Nein, es ist machbar", sagte er.
„Du willst deinen letzten Wunsch ernsthaft für andere Menschen aufgeben?"
„Ich gebe ihn nicht auf, ich benutze ihn", widersprach sie ihm. „Ich habe wirklich lange nachgedacht, aber das war das Einzige, was wirklich Sinn machte. Vielleicht, weil ich weiß, wie schmerzhaft ein Leben ohne Eltern sein kann. Weil ich mir das für niemanden wünsche. Niemand hat diese Art von Schmerz verdient. Es ist zu grausam."
„Aber es war dein letzter Wunsch ... Ich meine, wer würde schon den einzigen Wunsch, den er zur Verfügung hat, für andere benutzen? Menschen würden doch ... ich meine, sie haben doch ..."
„Unterstellst du mir, kein Mensch zu sein?", fragte sie lachend.
„Viele würden sich wünschen, dass Kinder ein Zuhause finden", sagte sie schulterzuckend.
„Ja, das mag sein, aber nicht viele würden dafür ihren letzten Wunsch verwenden."
Celestia wunderte sich über sich selbst. Sie konnte lächeln, ohne dass sie es sich aufzwingen musste. Mit dem Wissen, dass es ein Ende haben würde, hatte sie, ohne es zu merken, alle Lasten abgelegt, was dazu führte, dass sie ihr Leben Stück für Stück wieder genießen konnte. Und bei dem Anblick der goldenen Farben im Central Park wurde ihr ganz warm ums Herz.

Alles war in tiefes Rot, warmes Orange und helles Gelb gehüllt.
Das sanfte Licht, das durch die bunten Bäume schien, das Rascheln von Laub unter ihren Füßen ... Es war wie ein Traum.
„Es ist wunderschön", sagte sie. Doch Jaro hatte die Verblüffung über ihren Wunsch immer noch nicht ganz ablegen können. Er ertappte sich immer wieder dabei, wie er Celestia fasziniert anblickte. Fasziniert, aber gleichermaßen verwirrt.
Wie konnte man nur so selbstlos sein?
Menschen sind nicht selbstlos, redete er sich immer wieder ein. Auf jeden Fall nicht so extrem. Nein, das war gar nicht möglich.
Sie liefen auf der Bow Bridge, mit der man den Central Park Lake überqueren konnte. Auf halber Strecke blieb Celestia stehen und beobachtete das grüne Wasser.
„Es ist verrückt, wie die Zeit vergeht", sagte sie dann.
„Mal vergeht sie so schnell, dass man es kaum wahrnimmt, mal so unbarmherzig langsam, dass man es nicht ertragen kann." Sie seufzte tief.
„Aber es scheint, egal wie schnell sie vergeht, am Ende hinterlässt sie nur Narben." Sie stützte sich mit den Ellbogen auf dem ineinandergreifenden Kreisgeländer ab und ließ ihren Blick umherschweifen. Die Bäume, das ruhige Wasser, die Pflanzurnen, deren Farbenpracht mit den warmen Farben des Herbstes harmonierten.
All das war so überwältigend und imponierend zugleich, dass Celestia sich winzig vorkam. Bedeutungslos.
„Narben sind nicht unbedingt schlecht", sagte Jaro.

„Zwar sind sie eine Erinnerung an die Vergangenheit, aber deine Vergangenheit ist genauso ein Teil von dir wie deine Gegenwart. Es ist nicht die Narbe, die schmerzt, sondern die Erinnerung daran, wie sie dir zugefügt wurde."
„Ist die Ursache für den Schmerz überhaupt von Bedeutung?"
„Die Ursache zu kennen, ist der erste Schritt. Den Schmerz loszuwerden, ist der nächste."
„Ich glaube nicht, dass man sowas wieder loswerden kann."
„Nichts im Leben ist von Dauer", sagte er zuversichtlich.
„Das klingt einfach, wenn du das so sagst."
„Was ist schon einfach?"
Sie atmete die frische Luft ein und ihr Gesicht wirkte friedlich. Sorglos. Celestia hatte nicht geahnt, dass ihr dieser Ausflug so guttun würde. Es fühlte sich an, als hätte sie einen Teil der Last abgelegt, die sie sonst mit jedem Schritt begleitete.
Und da sie nicht wollte, dass dieser kleine Abstecher so schnell endete, beschloss sie, ins nächstbeste Café zu gehen. Es war modern eingerichtet, groß und hell. Durch die Glaswände schien das Sonnenlicht herein und an der Decke hingen weiße Kugellampen herab.
Die Einrichtung ähnelte zwar auf keiner Weise dem ihrer Eltern, dennoch musste sie schlagartig an sie denken.
Sie rührte ihren Cappuccino um und legte den Löffel auf die Untertasse. Auch vor Jaro stand eine Tasse Cappuccino, obwohl er sie nicht anrührte.
„Manchmal muss ich daran denken, wie anders alles hätte sein können", sagte sie dann. Sie erzählte ihm von dem

Geschäft ihrer Eltern, obwohl sie sich sicher war, dass er bereits davon wusste.
„Es gab eine alte Dame“, erzählte sie dann weiter. „Sie kam fast jeden zweiten Tag und sie hatte jedes Mal ein anderes Buch dabei. Einmal kamen wir ins Gespräch und ich sagte, ich fände es beeindruckend, dass sie so viel liest, und dass ich wünschte, ich würde mehr Zeit zum Lesen finden. Da gestand sie, dass sie absichtlich jedes Mal ein anderes Buch mitbrachte, weil es ihr peinlich war, das letzte noch nicht beendet zu haben.“ Celestia strahlte, während sie über die alten Tage redete. „Sie war so süß.“ Sie schüttelte lachend den Kopf und Jaro erwiderte ihr Lachen.
„Oder der Opa, der jeden Freitag mit seinem Enkel kam, den er von der Schule abgeholt hatte. Ich kann mich nicht erinnern, dass sie einen Freitag verpasst hätten. Aber manchmal sah man auch nicht so erfreuliche Sachen“, fuhr sie dann fort.
„Einmal stritt sich eine Mutter heftig mit ihrer jungen Tochter und am Ende schütteten sie sich gegenseitig die Getränke über den Kopf. Es war eigentlich sehr traurig anzusehen, aber jetzt, wenn ich so zurückdenke, muss ich darüber lachen.“
„Ist es nicht mit den meisten Dingen so?“, fragte er. „So oft zerbrecht ihr euch den Kopf über Sachen, über die ihr in ein paar Jahren vielleicht sogar lachen werdet.“
„Du hast recht.“
„Du siehst glücklich aus, wenn du von früher erzählst“, bemerkte er.
„Es war eine glückliche Zeit.“ Sie hatte die Arme auf dem weißen Tisch verschränkt und den Blick auf ihre Tasse gerichtet.

„Wenn es dir so sehr gefiel, warum hast du es nicht weiter versucht?"
Sie zuckte mit den Schultern und ließ ihren Blick weiterhin gesenkt.
„Vielleicht hatte er recht."
„Womit?"
„Dass ich nicht in der Lage wäre, so ein Geschäft zu führen. Vielleicht hatte er recht."
„Glaubst du das wirklich?"
„Es war vielleicht nur Wunschdenken, weil ich glauben wollte, dass ich es schaffen kann. Weil ich es schaffen wollte."
„Verstehe." Er griff nach dem Serviettenhalter und zog eine heraus. Celestia schaute überrascht, als er einen Kugelschreiber aus der Innenseite seiner Jacke herausholte und anfing, etwas auf die Serviette zu schreiben. Dann faltete er sie zusammen und schob sie zu ihr rüber. Sie musterte ihn forschend und öffnete dann die zerknitterte Serviette.

Diagnose: Selbstzweifel
Rezept: Selbstbewusstsein

Celestia lachte. Es war ein klares, echtes Lachen.
„Du trägst ein Stift mit dir rum?"
„Immer." Er nickte ernst. „Für den Fall, dass du eine Diagnose brauchst."
„Ich wünschte, es wäre so einfach", sagte sie und betrachtete weiterhin die Worte auf der Serviette.
„Das ist es."
„Ach ja? Wo kann ich das Rezept denn einlösen?"

Er überlegte kurz. „Es ist überall erhältlich."
Sie lachten beide einstimmig.
„Ihr Menschen tut so, als wäre Selbstbewusstsein nur etwas für diejenigen, die besonders mutig oder offen sind. Dabei heißt es nur: Sei dir deiner selbst bewusst. Du musst nur wissen, zu was du imstande bist, mehr ist es gar nicht."
„Es klingt viel einfacher, als es ist."
„Du solltest dir wirklich nicht die Worte eines Idioten zu Herzen nehmen. Und das war noch eine untertriebene Beleidigung ..."
„Dank dir habe ich eine Lieblingsbeleidigung", sagte sie lachend. „Das nächste Mal, wenn ich jemanden beleidigen will, nenne ich ihn einfach Spielzeug."
Als sie das Café verließen, war es bereits dunkel geworden. Celestia hielt inne und war für einen kurzen Moment in Gedanken versunken. Es überkam sie ein Gefühl, das ihr völlig fremd war. Ihr war danach, etwas zu riskieren. Sich einer Angst zu stellen. Mut zu beweisen. Sie musste nicht lange nachdenken, bis ihr eine Idee kam.
Was wäre da besser geeignet als das Riesenrad, auf das sie sich in ihrem ganzen Leben noch nicht getraut hatte?
Schon allein wenn sie daran dachte, wurde ihr ganz mulmig zumute und der Boden unter ihren Füßen schien nicht mehr zu halten.
Heute war der perfekte Tag dafür.
Beim Einsteigen in die Gondel wurde sie langsam von den Zweifeln gepackt.
„Ob das so eine gute Idee war?", fragte sie unsicher, während sie Jaro gegenüber Platz nahm und vor Angst am liebsten die Luft angehalten hätte.

Er lächelte amüsiert. „Es war deine Idee."
Sie atmete tief ein und aus. „Das hilft mir jetzt auch nicht wirklich weiter."
„Es wird schon gut gehen."
Sie krallte ihre Nägel an ihren Sitz und versuchte, ihren Atem zu kontrollieren. Kurz darauf begann auch schon die Fahrt und als die Gondel sich in Bewegung setzte, tippte sie mit ihren Fingern nervös am Fensterbrett.
„Weißt du, die Sache mit der Höhenangst ist ganz komisch", sagte sie dann, hauptsächlich um zu vergessen, dass sie gerade immer weiter in die Höhe transportiert wurden.
„Es muss gar nicht mal so hoch sein, damit ich mich schrecklich fürchte. Und aus irgendeinem Grund bekomme ich das Verlangen, mich runterzustürzen. Einfach nur, weil die Angst so heftig ist, dass ich will, dass es aufhört."
„Nicht, dass du dich noch vom Riesenrad wirfst", scherzte er.
„Nein", sagte sie und lächelte leicht. „Aber dich vielleicht."
Er umfasste rasch, aber sanft ihren Arm, zog sie ein Stück näher zu sich ran und betrachtete ihr Handgelenk.
„Hm, nein, zu schwach", begutachtete er dann. „Das solltest du lieber sein lassen. Am Ende stürzen wir noch beide, aber schließlich bist du diejenige, die kaputtgeht."
Er zuckte die Schultern und ließ sie wieder los. „Von daher, versuch ruhig dein Glück."
„Danke für die Warnung, sonst hätte ich es mir vielleicht ernsthaft überlegt."
Celestia starrte ihn reglos an und beobachtete seine Haltung. Er saß ganz locker, als würde er sich nicht in ungefähr 50 Metern Höhe befinden. Die Situation schien ihm

gleich zu sein, wie sonst auch alles.
„Warum schaust du mich so an?"
„Ich traue mich nicht, nach draußen zu schauen", sagte sie dann, ohne ihren Blick von ihm abzuwenden.
„Du solltest dich beruhigen und die Aussicht genießen."
„Leichter gesagt als getan."
„Fürchtest du dich gerade wirklich?", wollte er wissen und Celestia war überrascht, dass sie das nicht sofort bejahen konnte. Sie atmete aus und lockerte ihren Nacken. Es war ein ganz anderes Gefühl, als sie erwartet hatte.
Ihr Magen kribbelte zwar heftig und sie konnte jeden einzelnen Herzschlag spüren, aber sie stellte fest, dass es keine Angst war, die sie empfand. Es war eine behagliche Aufregung, die sie überraschenderweise zu genießen schien. Also löste sie ihren Blick von ihm und begann, das funkelnde Lichtermeer zu bewundern.

Die nächsten Tage verliefen ohne besondere Ereignisse. Bis der Tag kam, an dem Noah wieder vor ihrer Tür auftauchte.
So sehr sie es versuchte, sie konnte nicht verhindern, dass es sie aufregte. Sie öffnete die Tür zwar nicht, aber dennoch fühlte sie sich so schlecht, weil sie immer noch Wut ihm gegenüber empfand. Sie wollte nicht mal wütend auf ihn sein, das war er nicht wert.
Daher versuchte sie angestrengt, ihn zu ignorieren und so zu tun, als mache es ihr nichts aus, dass er sich gerade vor ihrer Tür aufhielt und es sich anscheinend zum Lebensziel gemacht hatte, sie zu nerven.
„Ich habe eine Idee", sagte Jaro dann plötzlich und brach

die Stille, die sich seit dem ersten Klingeln gebildet hatte. Celestia fuhr vor Schreck zusammen. Was, wenn er an der Tür lauschte und sie hörte?
Jaro schüttelte verärgert den Kopf.
„Denkst du, er glaubt wirklich, dass du nicht zu Hause bist? Wenn er sich nicht sicher wäre, dass du hier bist, wäre er schon längst weg. Ich habe eine Idee, wie du ihn loswirst“, sagte er und stand auf.
„Nein, setz dich bitte wieder. Das bringt doch nichts.“
„Lass mich das regeln und bleib sitzen, okay?“
Celestia presste vor Verzweiflung das Sofakissen aufs Gesicht.
„Du machst es nur noch schlimmer“, flüsterte sie ihm dann zu.
Doch Jaro ließ sich nicht beirren und öffnete die Tür.
„Hallo?“ Er schaute Noah mit einem fragenden Blick an. Dieser konnte aber nur verdattert zurückstarren. Er war etwas kleiner und auch schmaler als Jaro, weshalb er sich im ersten Moment eingeschüchtert fühlte.
„Ich wollte zu Cel. Ist sie ...“ Er machte einen Schritt zurück und versuchte, einen Blick in die Wohnung zu erhaschen.
„Ihr Name ist Celestia.“
„Das weiß ich.“
„Und wer bist du?“ Noah sagte nichts.
„Ich habe dich etwas gefragt“, drängte Jaro dann.
„Frag sie doch selbst“, erwiderte er und war Jaro wieder einen Schritt näher gekommen. Sein anfangs unsicherer Gesichtsausdruck hatte sich verändert. Er schaute verärgert, wenn nicht sogar aggressiv. Jaro verschränkte mit ernster Miene die Arme vor der Brust und ließ ihn nicht

aus den Augen.
„Ich möchte eine Sache klarstellen. Und zwar würde ich dir raten, nicht nochmal hier aufzutauchen."
„Ach ja? Was fällt dir ein, für sie zu sprechen?"
„Wenn du nochmal hier auftauchen solltest", Jaro näherte sich ihm und legte seine Hand warnend auf den Türrahmen, „oder sie auf irgendeine Weise belästigen solltest, werde ich dich ganz schön zurichten, mein Freund. Hast du mich verstanden?" Jaro hatte ein breites Grinsen aufgesetzt, was im kompletten Gegensatz zu seinen Worten lag, weshalb Noah ein Schauer über den Rücken lief, was er sich aber nicht anmerken ließ. Dafür war er viel zu stolz.
„Du wagst es, mir zu drohen?"
„Das ist keine Drohung. Ich sage dir nur, was passieren wird, falls du nicht auf mich hörst. Wenn du meinem Rat folgst, würdest du dir selbst einen Gefallen damit tun." Er zuckte mit den Schultern. „Die Entscheidung liegt bei dir."
„Wo ist sie?" Noah kam einen Schritt näher und war kurz davor, seinen Kopf durch die Tür zu stecken.
„Cel? Komm raus!"
„An deiner Stelle würde ich jetzt gehen, ansonsten warte ich nicht auf deinen nächsten Besuch, bevor ich unfreundlich werde." Als Noah jedoch nicht zurückwich, schubste Jaro ihn leicht, sodass er ein wenig taumelte.
„Ich gehe", sagte er keuchend vor Wut. „Aber wir sind hier noch nicht fertig." Er machte kehrt und lief mit hastigen Schritten davon, ohne sich noch einmal umzudrehen.
Als Jaro wieder reinkam, schaute Celestia ihn vorwurfsvoll an.
„Was denn? Er ist doch weg, oder?"

„Ja, aber die Frage ist, für wie lange? Und jetzt hast du ihn obendrein noch richtig verärgert." Sie ließ sich seufzend auf die Couch fallen und schlug sich auf die Stirn.
„Jetzt ist er zwar verärgert, aber er wird es nicht wagen, hier nochmal aufzukreuzen."
„Wenn ich denken würde, er wäre normal, würde ich dir recht geben. Du hast wirklich keine Ahnung", warf sie ihm vor.
„Sei doch nicht so dramatisch. Der traut sich nicht nochmal, sich hier blicken zu lassen."
„Das werden wir ja noch sehen", sagte sie besorgt.
„Ich weiß, du hast es gut gemeint. Danke."
„Ich habe es nicht für dich getan", sagte er dann und legte seinen Arm über die Sofalehne, während er sich räusperte und versuchte, ein neutrales Gesicht aufzusetzen.
„Ich habe es für mich getan."
„Inwiefern hat dir das geholfen?"
Er zuckte mit den Schultern.
„Sein ständiges Klingeln und Klopfen hat mich genervt. Ich kann es nicht ausstehen, wenn man mich nervt."
„Verstehe." Auch wenn er es nicht zugeben wollte, sie wusste, wie es wirklich war. Und sie fühlte aufrichtige Dankbarkeit.

KAPITEL 13

Am nächsten Morgen wachte Celestia mit einem unguten Gefühl auf. Es gab nichts Bestimmtes, worüber sie sich aufregte, es war einfach nur ein Stechen in ihrer Brust, das sie zu ersticken versuchte.
Erst eine Weile später kam ihr in den Sinn, was das Problem sein könnte.
Sie hatte seit Ewigkeiten nicht mehr geweint. Wie denn auch?
Ihr Versprechen, nur zu weinen, wenn sie allein war, schien in ihrem Fall nicht mehr möglich zu sein.
Sie saß auf der Matratze im Wohnzimmer und rang beinahe um Luft. Der Knoten in ihrem Hals schien ihr das Atmen unmöglich zu machen, sodass sie sich fast vor Schmerzen zusammengekrümmt hätte. Und so sehr sie dagegen ankämpfte, so sehr sie es versuchte, sie schaffte es nicht. Zum ersten Mal seit ihrem Versprechen weinte sie, obwohl jemand neben ihr war.
Sie weinte zwar, doch je mehr Tränen ihr über das Gesicht flossen, desto besser fühlte sie sich. Jeder einzelne Tropfen schien ihre Last zu erleichtern, ihr das Atmen wieder möglich zu machen.
Es waren keine Trauertränen, die ihr über die Wangen liefen. Sondern Tränen, die sich Stunde um Stunde, Tag um Tag angesammelt hatten. Die ihren Weg in die Freiheit suchten, raus aus dem Gefängnis, in dem sie gefangen gehalten wurden.
Als Jaro bemerkte, dass sie weinte, brauchte er eine Weile, bis er sich fassen konnte. Im nächsten Moment kniete er

sich zu ihr, zögerte erst, doch als sie ihn nicht wahrnahm, legte er seine Hand tröstend auf ihre und Celestia schaute irritiert auf.
„Es ist alles okay", sagte er und hoffte, sie würde sich beruhigen.
Sie weinte zwar nicht mehr so stark wie zu Beginn, aber die Tränen wollten immer noch nicht aufhören, aus ihren Augen zu kullern.
„Tut mir leid", sagte sie dann, doch als sie merkte, wie weinerlich ihre Stimme klang, presste sie die Lippen zusammen.
Erst nachdem sie sich etwas beruhigt hatte, sprach sie weiter.
„Das passiert manchmal", sagte sie und zog die Nase kraus. „Manchmal, wenn alles zu viel wird, kann ich es nicht verhindern."
Er nickte verständnisvoll.
Und als ihre Tränen endlich aufgebraucht waren und er so nahe bei ihr stand, ertappte sie sich dabei, wie sie ihre Blicke über sein Gesicht wandern ließ, ohne dass sie es hätte kontrollieren können. Über sein markantes Kinn, seine wachsamen Augen ...
Sie atmete seinen Duft ein, der ihre Sinne vernebelte.
Er roch nach frischem Regen.
„Oh", sagte er dann, als ihm auffiel, dass seine Hand immer noch auf ihrer lag, zog sie schnell zurück und stand wieder auf.
„Bitte versteh mich nicht falsch. Ich habe über die Jahre hinweg nur festgestellt, dass Menschen sich bei Berührungen beruhigen." Er blieb für einen Moment verwirrt

stehen und nahm dann wieder auf der Couch Platz. Das mulmige Gefühl, das sich in Celestias Magen breitgemacht hatte, zwang sie förmlich dazu, der Situation zu entfliehen.

„Ich mache dann mal Frühstück." Sie band sich die Haare zusammen und machte sich erst mal einen Kaffee. Er hatte bloß versucht, sie zu trösten, also gab es keinen Grund, warum sie sich deshalb komisch fühlen sollte. Aber sie konnte nicht verhindern, dass ihr ganz unwohl zumute war. Wieso hatte sie ihren Blick nicht von ihm abwenden können? So ein Verhalten passte gar nicht zu ihr.

Bald hatte sie jedoch keinen Grund mehr, noch länger in der Küche zu bleiben. Sie musste wieder ins Wohnzimmer und bemühte sich um normale Konversation.

Als es dunkel wurde, hatte der Regen immer noch nicht aufgehört. Die Tropfen prasselten unaufhörlich auf die Fensterscheiben und Celestia schob die Vorhänge zur Seite und schaute nach draußen. Überall hatten sich Pfützen gebildet und die nassen Straßen leuchteten unter den Straßenlaternen.

Obwohl es dunkel war, konnte man erkennen, dass der Himmel wolkenbedeckt war, auch wenn das nicht bedeutete, dass der Anblick Celestia nicht gefiel. Mit jeder Minute, die sie hinausschaute, fühlte sie Erleichterung.

„Möchtest du nach draußen gehen?", fragte Jaro, dem aufgefallen war, dass sie ständig aus dem Fenster schaute.

„Aber ... es regnet."

„Magst du keinen Regen?"

Sie zuckte mit den Schultern. „Ich weiß nicht so recht."

„Es ist anders, sich den Regen von einem sicheren Ort an-

zuschauen, als in ihm zu stehen, nicht wahr?“
Sie nickte.
„Hast du schon mal im Regen gestanden? Ich meine, ohne dass du einen Schirm hattest oder versucht hast, nicht nass zu werden?“
Sie schüttelte den Kopf.
„Dann wird es Zeit.“ Er stand auf und wartete darauf, dass sie es ihm gleichtat.
„Aber wir werden ganz nass werden.“
„Das gehört nun mal dazu. Komm schon.“
Sie zögerte erst, warf dann erneut einen Blick aus dem Fenster. Was soll´s, dachte sie und stand ebenfalls auf. Als er die Tür öffnete, streckte sie vorsichtig den Kopf hinaus und starrte hingerissen in den strömenden Regen. Jaro trat nach draußen und entfernte sich ein paar Schritte von der Wohnung. Celestia sah ihm zögerlich hinterher, bevor sie die Tür hinter sich schloss und ihm folgte. Bis sie bei ihm ankam, war sie beinahe schon ganz durchnässt.
Auch Jaro war klatschnass. Von den Spitzen seiner dichten, schwarzen Haare und von seinem ausgeprägten Kinn troff der Regen, was ihm aber nichts auszumachen schien. Celestia jedoch hüpfte mit verschränkten Armen von einem Bein aufs andere. Ihr war bitterkalt.
„Du musst ruhig stehen bleiben“, sagte er dann, wobei seine Stimme durch das laute Rauschen des Regens gedämpft wurde.
„Wie?“, rief sie ihm zu.
Er machte einen Schritt auf sie zu, beugte seinen Kopf näher an ihren und wiederholte sich.
„Du musst ruhig stehen bleiben, wenn es helfen soll.“

„Helfen? Wobei?“
„Tu einfach, was ich sage“, wies er sie an und legte beide Hände auf ihre Arme, sodass sie stehen blieb und ihn mit großen Augen anschaute.
„So“, sagte er. „Jetzt schließ die Augen.“
Sie zögerte.
„Vertrau mir“, sagte er und legte den Kopf schief.
Sie nickte und schloss fest die Augen.
„Und jetzt?“
„Jetzt denk an alles, was dich bedrückt.“
Sie öffnete wieder die Augen. „Wie bitte?“
„Ich versuche nur zu helfen.“
„Das klingt nicht wirklich so, als würde es helfen ...“
„Celestia“, sagte er. „Vertrau mir einfach.“
„Okay.“ Sie holte tief Luft.
„Denk an alle Gründe für deinen Kummer. Lass die Gedanken zu. Verdränge sie nicht.“ Seine Stimme klang so hinreißend, dass sie nicht anders konnte, als zu tun, was er sagte. Und sie dachte an den Tag, an dem sie die Todesnachricht ihrer Eltern erhalten hatte. Sie dachte an all die Gefühle, die sie in diesem Moment überrannt hatten. Sie erlebte auch all die Tage wieder, die sie nach diesem Ereignis ertragen musste. Jeden einzelnen Vorfall, der sie zum Weinen gebracht und ihr das Gefühl gegeben hatte, sie könnte es nicht mehr aushalten.
„Und jetzt stell dir vor, wie der Regen all deine Sorgen nimmt. Stell dir vor, wie er sie fortträgt. Dass er sie so weit weg von dir bringt, dass du sogar vergisst, wie sie sich anfühlen. Stell dir vor, dass jeder Tropfen dein Herz und deine Gedanken befreit und dir erlaubt, wieder zu atmen.“ Sie

lauschte seinen Worten und es war, als würde jedes davon bis in die tiefsten Ecken ihres Herzens gelangen. Celestia konnte die Tropfen auf ihrer Haut fühlen. Die Kälte, die sie vor wenigen Minuten noch gespürt hatte, schien mit ihrer Unsicherheit verschwunden zu sein. Und sie glaubte alles, was er sagte. Sie glaubte, dass jeder Auslöser für ihr Unglück sich in so weiter Entfernung befand, dass nichts davon sie je wieder erreichen konnte. Als sie die Augen wieder öffnete und ihn anblickte, wie er ebenfalls die Augen geschlossen hatte, den schüttenden Regen und den Nachtwind genoss, der ihm übers Gesicht strich, da fühlte sie, wie die Dankbarkeit, die sie ihm gegenüber empfand, immer größer wurde, bis sie glaubte, der Platz in ihrem Herzen würde dafür nicht ausreichen.

„Danke, Jaro."

Er öffnete die Augen und schaute auf sie herab. Seine dunklen Augen glänzten unter dem Schein der Straßenlaterne, der auf sein schönes Gesicht fiel. Jeder einzelne Regentropfen auf seiner Haut glich einer strahlenden Perle.

„Das Leben ist unfair", sagte er dann. „Zu jedem gleichermaßen. Zwar nicht auf die gleiche Art, aber auf irgendeiner Weise."

Sie nickte zustimmend.

„Es ist so grausam, wenn man genauer darüber nachdenkt", sagte sie. „Nichts, was in der Gegenwart anhält, ist für immer. Man kann die Menschen, die man liebt, nicht für immer bei sich haben. Aber wenn man sie verliert, verliert man sie für immer." Sie wischte sich die nassen Strähnen aus dem Gesicht, die an ihren Wangen klebten.

„Es muss sehr schwer gewesen sein", sagte er.

„Es ist unbeschreiblich", fing sie an zu erzählen. „Es ist ein unbeschreiblicher Schmerz, wenn man ständig darüber nachdenkt, was wohl die letzten Worte waren, die man aus ihrem Mund gehört hat. Wenn man ständig versucht, sich ihr Gesicht in Erinnerung zu rufen, weil man befürchtet, sie zu vergessen. Egal, wie sehr man es versucht, man kann es einfach nicht akzeptieren. Dass man sie nie wieder sehen wird, sie nie wieder lachen hören wird." Sie atmete die kühle Luft ein und schaute mit ihren nassen Wimpern in den Nachthimmel auf.
„Alle sagen immer, der Schmerz wird irgendwann vergehen, aber in Wirklichkeit vergeht er nie." Sie seufzte tief.
„Er wird nur zu einem Teil von dir", sagte sie. „Aber er verschwindet nie wieder aus deinem Leben."
Jaro sagte nichts mehr. Sie standen nur da, während es weiter auf sie niederregnete.

KAPITEL 14

Am nächsten Tag wachte Celestia mit dröhnendem Schädel auf, während sie daran denken musste, wie lange ihr letzter Alkoholkonsum bereits her war. Aber sie hatte nicht einmal daran gedacht, zu trinken. Auf eine eigenartige Weise wirkte es auf sie viel dramatischer, sich zu betrinken, wenn jemand dabei war, der ihr mit hoher Wahrscheinlichkeit Vorwürfe machen würde.
„Der Alkohol wird deine Probleme nicht lösen", hörte sie Jaro schon sagen und stellte sich vor, wie er ihr vorwurfsvolle Blicke zuwarf. Zornige Blicke, gemischt mit Besorgnis, die sie wieder einmal nicht genau deuten können würde. Als Celestia sich aufsetzen wollte, bereute sie es sofort wieder. Ihr Kopf schmerzte bei jeder Bewegung. Ein unbeschreibliches Pochen, das von ihren Schläfen bis zu ihrem Nacken reichte. Sie stellte fest, dass auch jeder andere Körperteil sich schwer wie Stein anfühlte, bevor sie sich wieder in ihr Kissen fallen ließ. Doch bei der abrupten Bewegung pochte ihr Kopf so stark, dass er zu platzen drohte.
„Alles okay?", fragte Jaro, als ihm auffiel, dass sie Schwierigkeiten beim Aufstehen hatte.
„Ich glaube ...", fing sie an und hörte, wie anders ihre Stimme klang. Rau und schwach.
„Ich glaube, ich bin krank geworden."
„Oh." Er wartete einen Moment, unwissend, was er sagen sollte.
„Kann ich irgendwas tun?", fragte er dann, deutlich überfordert mit der Situation.

„Nein, danke. Ich muss mich nur etwas ausruhen, dann wird es schon", sagte sie und konnte kaum schlucken, so trocken war ihr Mund. Sie rieb sich heftig über die Stirn und machte dann Anstalten aufzustehen, was leider nicht so funktionierte, wie sie es sich wünschte.
Ihr wurde so schwindelig, dass alles um sie herum für einen Augenblick schwarz wurde.
„Oh man", murmelte sie und legte sich wieder hin.
„Du kannst mir sagen, was du brauchst", sagte er dann, als er merkte, dass sie ihn anscheinend nicht um Hilfe bitten wollte.
„Könntest du ..." Sie zögerte kurz. Auch wenn sie nicht wusste, warum, fühlte es sich trotzdem komisch an, ihn um etwas zu bitten.
„Könntest du mir die Schmerztabletten aus meinem Zimmer holen?", schaffte sie es dann schließlich, zu fragen.
„Und ein Glas Wasser, bitte."
„Natürlich."
Er hatte ihr Zimmer bereits betreten, da rief sie ihm zu: „Sie sind in der ersten Schublade der Kommode." Sie hörte das quietschende Geräusch, das beim Öffnen und Schließen der Schublade entstand, und es überkam sie ein wohliges Gefühl, obwohl es sie sonst immer nur nervte.
„Seit wann kannst du nicht mehr schlafen?", fragte er dann plötzlich, als er wieder da war. Anscheinend hatte er die Tabletten auf der Kommode bemerkt, zu denen Celestia regelmäßig griff, wenn auch nicht immer.
„Ist schon eine Weile her."
„Du bist sowieso so ..." Er schien nach dem richtigen Begriff zu suchen. Stirnrunzelnd sah er sie an, während sie

die Tablette schluckte und nun das Wasser austrank, obwohl jeder Schluck schmerzte.
„Zerbrechlich“, beschloss er dann. „Und das obendrauf schwächt dich natürlich noch mehr.“
„Hey“, sagte sie gespielt beleidigt. „Ich war schon seit Ewigkeiten nicht mehr krank. Das ist eigentlich nur deine Schuld.“
„Bitte? Meine Schuld?“
„Wer hat mich denn in den strömenden Regen gezerrt?“, fragte sie mit strengem Unterton, obwohl sie eigentlich nicht vorwurfsvoll klingen wollte. Oder verärgert.
„Wow“, sagte er fassungslos. „Jetzt werden auch noch meine guten Absichten angezweifelt.“
„Ich wollte dir keine Vorwürfe machen. Du hast meine Schlaflosigkeit verurteilt, deshalb habe ich das gesagt. Vielleicht hast du ja recht.“
„Nein, du hast recht“, sagte er dann zu Celestias Überraschung.
„Ich hätte daran denken müssen, das war dumm von mir.“
„Das war nicht dumm.“ Sie lächelte zaghaft, aber trotzdem konnte sie den leidenden Ausdruck in ihrem Gesicht nicht überspielen.
„Ich fand es trotzdem schön.“ Es gab Dinge im Leben, die nicht immer angenehme Folgen hatten und die es dennoch wert waren, sie zu erleben, beschloss sie.
„Es ist nicht so schlimm“, sagte sie dann noch, da seine Miene immer noch finster wirkte. Sie konnte den Ausdruck nicht genau deuten. Sorge, Schuldgefühle, Mitleid ... Sie wusste es nicht.
„In ein paar Tagen geht es mir wieder gut.“

„In Ordnung", sagte er. „Wenn du irgendwas brauchst, sag einfach Bescheid."
Es vergingen mehrere Stunden und Celestia war kein einziges Mal aufgestanden. Sie war nur dagelegen, obwohl Jaro nicht sicher sagen konnte, ob sie auch geschlafen hatte.
„Du hast den ganzen Tag weder gegessen noch getrunken. So wirst du nicht sehr schnell gesund werden."
„Hm?" Sie öffnete halb die geröteten Augen und zog die Nase kraus, die ebenfalls rot war und furchtbar kratzte. Im nächsten Moment musste sie niesen. Dann noch mal. Und noch mal.
„Soll ich dir einen Tee machen?", fragte er.
Sie schüttelte den Kopf.
„Irgendwas anderes?" Wieder Kopfschütteln.
„Ganz ehrlich, Celestia. Das geht so nicht. Was möchtest du denn essen?" Doch er lief in die Küche, ohne auf ihre Antwort zu warten.
„Ich brauche nichts", murmelte sie dann so leise, dass sie sich fragte, ob er sie gehört hatte. Er öffnete Schränke, Schubladen und durchwühlte alles. Dann fand er eine Tütensuppe und las konzentriert, wie man sie zubereitete. Schulterzuckend machte er sich dann an die Arbeit, obwohl er nicht besonders zuversichtlich war. Momente der Verzweiflung verstrichen, zusammen mit Verwirrung, bis er mit einem Tablett ins Wohnzimmer kam.
„Hier", sagte er, legte es auf ihren Schoß und wartete mit verschränkten Armen vor der Brust, bis sie aß.
„Es ist wahrscheinlich nicht gerade das, was man als gesunde Mahlzeit für euch Menschen bezeichnen kann,

aber“, er kratzte sich überfordert am Hinterkopf, „es ist besser als nichts.“
„Ich kann wirklich nicht essen“, brachte sie mit Mühe hervor.
„Wenigstens ein bisschen.“
Sie rümpfte die Nase und spürte den heißen Dampf auf ihrem Gesicht. Dann nahm sie den Löffel in die Hand und merkte, wie schwach ihre Hände sich anfühlten. Sie zitterten stark.
Trotzdem versuchte sie zu essen, wobei sie fast die Hälfte der Suppe verschüttete.
„Lass mich dir helfen“, sagte er und streckte seine Hand aus, damit sie ihm den Löffel übergab.
„Nein, danke. Es geht schon.“
„Wenn der Sinn der Sache ist, dass die Suppe auf deinem Oberteil landet statt in deinem Magen, dann muss ich dir recht geben. Du scheinst das ganz gut selbst im Griff zu haben.“
Sie verdrehte die Augen.
„Ich muss nur ...“, murmelte sie und versuchte, sich etwas aufrechter hinzusetzen, was wegen des schweren Tabletts nicht so einfach war.
„Wenn es dir lieber ist, dass ich in meiner Ecke sitze und dir beim Leiden zusehe – mir soll es recht sein.“
„Na gut“, sagte sie und schob das Tablett ein Stück von sich weg.
Er setzte sich neben sie und griff nach dem Löffel, wobei sich ihre Hände fast berührt hätten, hätte Celestia sie nicht schnell zurückgezogen. Das mulmige Gefühl, das ihr bereits vertraut war, machte sich wieder in ihr breit,

sodass sie die Finger fest ineinander verschränkte und versuchte, seinem Blick auszuweichen.
Celestia aß langsam ein wenig, doch sie musste sich regelrecht zwingen, so wenig Appetit hatte sie. Und plötzlich wurde ihr so warm, dass ihr ganzes Gesicht prickelte. Sie verspürte das Bedürfnis, sich am ganzen Gesicht zu kratzen, doch sie ließ es sein.
Warum war ihr nur so heiß? Als sich sein Blick in ihrem verfing und sie so schnell sie konnte woanders hinschaute, überkam sie ein verrückter Gedanke. War er der Grund für ... Nein! Nein, sagte sie sich. Und richtete ihren Blick wieder auf die Suppe.
Es war die Suppe, beschloss sie. Die Suppe war heiß und natürlich war ihr auch heiß. Es gab keinen anderen Grund, den sie in Betracht ziehen musste. Die Suppe war der Grund dafür, dass sich die Wärme in ihre Wangen geschlichen hatte, eventuell mit etwas Röte, aber das hatte doch nichts zu bedeuten. Oder?
„Das reicht", sagte sie dann und legte sich wieder hin. Er schien für einen kurzen Moment zu überlegen, ob eine Diskussion etwas bringen würde, ließ es dann aber sein.
„Also gut", sagte er und war im nächsten Moment mit dem Tablett in der Küche verschwunden. Celestia blickte ihm hinterher, sah ihm zu, wie er das Geschirr in die Spüle legte und versuchte, es zu waschen, sich dabei aus Versehen nass machte und hilflos versuchte, den Wasserhahn zum Stoppen zu bringen. Es war ein Bild, das nicht wirklich zusammenpasste. Es machte keinen Sinn, dass Jaro im Moment in ihrer Küche stand und Geschirr spülte. Aber dennoch fand Celestia etwas Friedliches bei diesem Anblick.

Und da erkannte sie auf einmal den richtigen Grund.
Es war Geborgenheit, die sie fühlte. Ein Gefühl, das sie anscheinend überforderte und sie dazu brachte, Verlegenheit zu spüren.
Seit Jahren hatte sie allein gelebt. War einsam gewesen.
Aber jetzt ...
Es gab jemanden, der sich um sie kümmerte, wenn sie krank war. Sie mit Worten tröstete, wenn sie traurig war.
Was brauchte man noch, um Geborgenheit zu verspüren?

KAPITEL 15

Es war spät in der Nacht, als Jaro auf das komische Geräusch aufmerksam wurde und sich neugierig im Dunklen umblickte.
Doch er musste nicht das Licht anschalten, um nach wenigen Sekunden festzustellen, dass dieses Geräusch Celestia war. Besser gesagt: Celestias Zähne. Sie klapperte mit ihnen und als Jaro sie von der Nähe anblickte, bemerkte er, wie sie die Knie hochgezogen und die Arme fest verschränkt hatte. Sie zitterte.
Und ja, sie machte wirklich einen zerbrechlichen Eindruck.
„Celestia?", flüsterte er leise, da er sich nicht sicher war, ob sie schlief. Doch sie reagierte nicht. Er nahm ihre Decke, mit der sie ungefähr bis zu den Hüften bedeckt war und schob sie vorsichtig bis zu ihren Schultern. Dann setzte er sich hin und betrachtete sie eine Weile. War das normal? Musste er irgendwas tun? Er wusste es nicht. Er saß noch eine Weile so da und als das Zähneklappern und Zittern nicht aufhörte, da wurde er langsam unruhig.
„Celestia?" Er schüttelte sie ganz leicht an der Schulter, damit sie aufwachte.
„Hm?", machte sie und hatte das Gefühl, dass jeder Muskel zitterte.
„Du frierst", sagte er, aber sie reagierte nicht.
„Es geht dir nicht gut. Möchtest du vielleicht zu einem Arzt gehen?"
„Mhh-mhh."
Er seufzte tief.

„Soll ich dir noch eine Decke holen? Oder einen Tee machen?"
„Ich brauche nichts", wollte sie sagen, aber es war nicht mehr als ein Hauchen. Es überkam sie ein solcher Kälteschauer, dass sie ihre Decke von beiden Seiten ganz eng um sich wickelte. Jaro seufzte verzweifelt und lief dann erneut in die Küche. Dann kam er mit einer Tasse Tee zurück und stellte sie auf den Tisch.
„Trink das", sagte er und schien immer noch etwas beunruhigt.
Sie setzte sich auf und griff nach der weißen Porzellantasse, umschloss die Tasse mit ihren Fingern und ließ die Wärme in ihre Handflächen eindringen, bevor sie den ersten Schluck trank und sich gleich ein bisschen besser fühlte. Als sie sich dann später wieder schlafen legte, hatte Jaro wieder alle Lichter ausgeschaltet und sich auf die Couch gelegt.
„Danke, Jaro", krächzte Celestia dann beinahe tonlos. Und obwohl Jaro nichts sagte, war sie sich sicher, dass er sie gehört hatte.
Am dritten Tag fühlte sie sich zwar immer noch etwas schwach, aber sie schaffte es, auf die Beine zu kommen, und beschloss, duschen zu gehen. Schon allein der Gedanke an warmes Wasser auf ihrem Körper wirkte im Moment beruhigend auf sie. Während sie dann unter dem heißen Wasserstrahl stand und sie mit jeder Minute, die verging, das Gefühl hatte, ihre verkrampften Muskeln würden sich lösen, fiel ihr das Atmen plötzlich viel leichter. Sie verließ das Bad, trug ihren weißen, langen Bademantel und hielt ein Handtuch in der Hand, mit dem sie sich die Haare tro-

cken rubbelte. Als sie in ihr Zimmer gehen wollte, um sich umzuziehen, spürte sie plötzlich Jaros Blicke auf sich.
„Du ..." Er stand ihr plötzlich so nah, dass sich ihre Gesichter jeden Moment berühren konnten. Er stand regungslos da und musterte sie. Wie immer konnte sie den Ausdruck in seinen Augen nicht erraten. Es war, als hätte er einen speziellen Schlüssel, mit dem er den Eingang verschlossen hatte, sodass man keinem seiner Gedanken auf die Sprünge kam. Und dennoch schienen seine Gesichtszüge sich geändert zu haben, sie wirkten sanfter, weniger ernst.
„Du siehst so anders aus mit nassen Haaren." Das wollte er ihr schon sagen, als sie bei Regen draußen standen. Doch damals hatte er sich zur Vernunft gerufen.
„Wie bitte?", wollte Celestia sagen, doch konnte vor lauter Verwirrung ihre Stimme nicht finden. Als er dann langsam die Hand hob, stellte sie fest, wie sie die Augenbrauen hochzog und einige Schritte zurückwich, bis sie mit dem Rücken an die Wand stieß. Doch er schien sich kein Stück von ihr entfernt zu haben. Er strich ihr vorsichtig mit dem Handrücken über die Wange. Ihre Haut war ganz weich. Und heiß.
Eine angenehme Wärme strömte durch seine Finger. Dann beugte er sich zu ihr vor und kam ihr immer näher. Vor lauter Erschrockenheit schubste Celestia ihn weg und machte einen Schritt zur Seite. Die Situation war so absurd, dass sie nicht annähernd wusste, wie sie darauf hätte reagieren sollen. Doch Jaro schien nicht weniger verwirrt zu sein. Plötzlich änderte sich sein Gesichtsausdruck, wurde wieder vollkommen ernst. Er räusperte sich und machte einen großen Schritt zurück, während er rat-

los die Hände hob.
„Das tut mir unglaublich leid", sagte er, offenbar überrascht von seiner eigenen Handlung.
„Ich wollte nicht ..." Er schüttelte den Kopf, als könnte er nicht realisieren, was gerade passiert war.
„Ich habe nicht nachgedacht."
Sie nickte nur schnell, lief in ihr Zimmer und schloss die Tür hinter sich. Mit rasendem Herzen lehnte sie sich mit dem Rücken dagegen. Sie legte sich die Hand auf ihre Brust, als könnte sie so ihren Herzschlag kontrollieren.
Er hatte sie schon einmal berührt. Als sie weinte und er ihre Hand gehalten hatte. Oder auf dem Riesenrad, als er nach ihrem Handgelenk gegriffen und sie näher zu sich gezogen hatte.
Aber hatte sie da auch dieses Kribbeln gespürt? Hatte ihre Haut gebrannt, als würde sie in Flammen stehen? Oder hatte ihr Herz so gerast, dass sie befürchtete, es könne jeden Moment ihrer Brust entspringen?
Celestia konnte sich nicht erinnern.
Sie betrat das Wohnzimmer mit einem möglichst neutralen Gesicht und einem leichten Lächeln auf den Lippen. Sie musste so tun, als wäre alles wie immer, damit die Situation nicht noch unangenehmer wurde, als sie sowieso schon war.
„Es freut mich, dass es dir wieder besser geht", sagte Jaro ebenfalls in einem neutralen Tonfall, noch bevor sich Celestia hingesetzt hatte. Sie strich sich eine Strähne hinters Ohr und lächelte verlegen.
„Danke für deine Hilfe", sagte sie. „Es war bestimmt sehr nervenaufreibend für dich, dennoch hast du ..." Dich um

mich gekümmert. „Mir geholfen."
„Nicht der Rede wert", sagte er und räusperte sich.
In Celestias Blick lag ein gequälter Ausdruck, so als schwirrten in ihrem Kopf tausend Fragen, auf die sie eine Antwort brauchte.
„Ist alles in Ordnung?", fragte Jaro, dem ihr Gesichtsausdruck nicht entgangen war.
Zaghaft schüttelte sie den Kopf. Sie verdrängte die Frage, an die sie immer wieder denken musste, denn sie fühlte sich für die Antwort noch nicht bereit.
Und als sie dann bei Nacht im Dunkeln lag, sein Gesicht zwar nicht sehen konnte, aber seine Anwesenheit spürte wie jeden ihrer eigenen Atemzüge, da strich sie sich über die Lippen und fragte sich, wie es sich wohl angefühlt hätte, hätte sie ihn nicht weggeschubst.

KAPITEL 16

Eine drückende Stille lag in den Wolken. Es hatte zwar nicht geregnet, aber es war so schneidend kalt, dass es regelrecht auf der Haut brannte. Celestia war mehr als überrascht, als sie aufwachte und Jaro nicht wie sonst immer auf der Couch vorfand. Sie schaute halbherzig in die anderen Räume, obwohl ihr klar war, dass sie ihn dort nicht finden würde. Es war das erste Mal seit der Abmachung, dass er fort war. Celestia beschloss, eine Weile zu warten, bevor sie anfing, sich Sorgen zu machen. Früher oder später wird er auftauchen, sagte sie sich, um sich zu beruhigen. Doch irgendwann hielt sie es nicht mehr aus und beschloss, ihn suchen zu gehen. Auch wenn sie nicht wirklich wusste, wo.

Aber irgendwas zu tun, ergab mehr Sinn, als hier drin zu sitzen und ungeduldig zu warten. Der Wind, der ihr ins Gesicht schlug, war so bitterkalt, dass sie die Kälte bis zu ihren Fingerspitzen spüren konnte.

Sie konnte sich nicht erinnern, wann es das letzte Mal so unglaublich kühl war. Vielleicht lag das aber auch daran, dass sie nie aus dem Haus ging, wenn sie nicht musste. Sie lief lange durch die ihr vertrauten Straßen, aber als allmählich die Dämmerung begann, schien ihre Suche aussichtslos zu sein. Und das Schlimme war: Vielleicht war er schon zu Hause, ohne dass sie es wusste. Doch bevor sie aufgab und zurückging, wollte sie es noch an einem weiteren Ort versuchen.

Am Terminal angekommen, ließ sie besorgt ihre Blicke umherschweifen.

„Hier bist du“, sagte sie erleichtert und atmete auf.
Er lächelte leicht, als er sie erblickte, und er wirkte kein bisschen überrascht.
„Hast du mich vermisst?“, fragte er trocken.
Sie schüttelte den Kopf und setzte sich neben ihn. „Ich habe mir nur Sorgen gemacht.“
„Das kommt auf das Gleiche raus.“
„Warum hast du nicht Bescheid gesagt?“
Er zuckte mit den Schultern und blickte weiterhin geradeaus. „Du hast geschlafen und ...“ Er zog die Mundwinkel runter und schien nach den richtigen Wörtern zu suchen. Sein Gesicht wirkte gequält.
„Ich wollte etwas allein sein, um nachzudenken“, sagte er schließlich.
„Oh.“ Celestia machte ein überraschtes Gesicht.
„Ich kann auch gehen, wenn du ...“ Sie machte Anstalten aufzustehen, doch Jaro packte sie am Handgelenk und zog sie in seine Richtung.
„Nein, bleib sitzen. Ich würde gerne mit dir reden.“
Es war bereits stockdunkel geworden und, falls das überhaupt möglich war, noch kälter. Celestia vergrub ihre Hände in ihren Jackenärmeln und wunderte sich wieder mal über Jaros gelassene Haltung. Er schien kein bisschen zu frieren.
„Ich weiß nicht so recht, wie ich ...“ Er presste die Lippen zusammen und schüttelte ratlos mit dem Kopf.
„Ich weiß nicht, wie ich anfangen soll“, sagte er dann, nachdem mehrere Minuten der Stille verstrichen waren.
„Denn ich weiß, dass ... egal wie ich das Ganze auch schildere, wirst du wütend werden.“

„Hm?", machte Celestia und glaubte für einen Moment, sie hätte sich verhört.
„Bitte reg dich nicht gleich auf", bat er. „Hör mir erst mal in Ruhe zu."
Sie nickte unruhig.
Er wandte sich mit seinem ganzen Körper zu ihr und richtete seinen Blick auf sie. Und da war wieder diese Anspannung in seinem Gesicht, die Celestia hin und wieder bemerkte.
„Ich kenne die Frage, die dich in letzter Zeit beschäftigt."
Celestia legte den Kopf schief und lachte leise auf.
„Nein", sagte sie ungläubig. „Das kann nicht sein."
Doch als ihr klar wurde, worauf er hinauswollte, schwand ihr Lachen plötzlich. Es war wie ein Faustschlag mitten in die Magengrube.
„Du hast gesagt ... Du hast gelogen?"
Er nickte mit gesenktem Kopf und seufzte auf.
„Es tut mir leid", sagte er. „Es tut mir wirklich leid, okay? Meine Absicht war es nur ..."
Celestia sprang auf, entfernte sich ein Stück von ihm und legte eine Hand auf ihren Bauch, als wäre ihr übel.
„Ich wollte bloß verhindern, dass du dich unnötig unwohl fühlst."
„Unnötig unwohl? Anscheinend hatte ich jeden Grund gehabt, mich unwohl zu fühlen." Sie konnte und wollte nicht glauben, dass er die ganze Zeit über ihre Gedanken hören konnte. Es war unfair und rücksichtslos und ... vor allen Dingen war es peinlich. Ihre Gedanken waren ihr peinlich. Sie schämte sich so sehr, dass sie am liebsten weggelaufen wäre. Irgendwohin, wo sie ihn nicht mehr anblicken musste.

„Es muss dir nicht peinlich sein", sagte er im nächsten Moment, weshalb Celestia die Augen aufriss und fühlte, wie ihr das Blut ins Gesicht schoss. Ein Glück, dass es dunkel war.
„Du bist ein Lügner", sagte sie aufgebracht.
„Celestia." Er machte vorsichtig einen Schritt auf sie zu. „Die ganze Situation war sowieso schon ..."
„Weißt du was?", schrie sie ihn an. „Diese ganze Situation ist scheiße! Und du bist scheiße!" Ohne zu zögern, drehte sie sich um und machte sich mit eiligen Schritten auf den Rückweg. Nachdem sie bereits eine kurze Strecke gelaufen war, begann sie loszuheulen und spürte die Blicke der Passanten auf sich, die an ihr vorbeigingen.
Die Tränen hatten ihr bereits die Sicht verschleiert, weshalb sie versuchte, sich mit dem Ärmel das nasse Gesicht trocken zu wischen, was aber nicht funktionierte, da die Tränen nicht aufhören wollten, aus ihren Augen zu kullern.
Als sie zu Hause ankam, musste sie feststellen, dass Jaro schon da war und seinen geliebten Platz auf der Couch eingenommen hatte.
Ohne in seine Richtung zu schauen, stapfte sie an ihm vorbei in ihr Zimmer und schlug die Tür hinter sich zu. Eventuell etwas fester als nötig. Ihre Matratze jedoch befand sich immer noch im Wohnzimmer, weshalb sie nun nur vor ihrem leeren Bettgestell stand und sich dann erschöpft auf den Boden setzte.
Sie würde heute nicht schlafen. Sie könnte nicht schlafen. Kurz vorm Morgengrauen ging sie in die Küche und machte sich einen Kaffee. Sie sah, wie Jaro in ihre Richtung lief,

als sie am Küchentisch saß und trank, doch sie tat so, als bemerkte sie ihn nicht.
Jaro setzte sich auf den Stuhl ihr gegenüber.
„Du hast jedes Recht, wütend zu sein“, sagte er erstaunlich sanftmütig. „Und ich erwarte auch gar nicht, dass du mir verzeihst. Darum geht es mir nicht.“
Celestia schaute ihn nicht an, sondern heftete ihren Blick auf das Küchenfenster, auf dessen Fensterbrett sie anscheinend den Glasreiniger vergessen hatte und später noch irgendwohin verstauen musste.
„Ich möchte mit dir über deine Frage reden. Ich habe es in Kauf genommen, dass du sauer auf mich bist, weil es mir wirklich wichtig ist, mit dir darüber zu reden.“
Er wartete, doch Celestia reagierte nicht. Er seufzte tief, bevor er weitersprach.
„Ich kann zwar verstehen, dass du wegen meiner Lüge wütend bist. Aber ich verstehe nicht ...“
Nun warf sie ihm einen solchen Blick zu, dass er sich für einen kurzen Moment selbst hinterfragte und mitten im Satz innehielt.
„Ich habe versucht, dich zu küssen“, sagte er dann trotzdem. „Und ich bin nicht weggerannt.“

KAPITEL 17

Celestia wollte nicht reden.
Eigentlich war es sogar das Letzte, was sie im Moment tun wollte. Sie wollte Stille.
Sie wollte Trübsal blasen und am liebsten im Meer ihrer eigenen Tränen ertrinken, ohne jegliche Chance auf Rettung.
Es ging ihr hierbei nicht nur um die Lüge. Es ging auch darum, dass er all ihre Gedanken kannte, die ihn beinhalteten.
Aber es ging auch um die Frage, für die er eine Antwort hatte. Die Antwort, die sie zwar eigentlich unbedingt hören wollte, aber sich genauso stark dagegen wehrte, sie zu kennen.
Es ging um eine Frage, für die sie lange gebraucht hatte, um sie sich selbst zu stellen. Und zu akzeptieren, dass sie diese Frage in Erwägung zog. Und nun wollte Jaro mit ihr darüber reden.
Sie konnte spüren, dass ihr seine Antwort nicht gefallen würde.
Alles hat seine Konsequenzen, sagte sie sich.
Jede Entscheidung und jeder Wunsch.
Und da sie wusste, dass dieses Thema nur noch mehr Schmerz herbeirufen würde, versuchte sie, es so gut es ging hinauszuzögern.
Doch Jaro hatte nicht vor, das Thema vorerst ruhen zu lassen. Er beharrte darauf, mit ihr darüber zu reden.
So sehr sie ihn auch ignorierte, er ließ sich nicht beirren.
„Was ist eigentlich dein Problem?“, fragte sie dann schließ-

lich, als sie es nicht mehr länger aushielt. „Warum willst du darüber reden, warum ist es so wichtig? Ich habe dich nicht danach gefragt, okay? Es gibt nichts, worauf du mir eine Antwort geben solltest."

„Ich will, dass du aufhörst, vor deinen eigenen Gedanken zu fliehen. Vor dir selbst zu fliehen."

„Vielleicht möchte ich es aber", erwiderte sie mit hochgezogenen Schultern.

„Und vielleicht", sagte Jaro dann und verlor sich für einen Moment in seinen Gedanken, „vielleicht versuche ich, etwas wiedergutzumachen."

Celestia schaute zu ihm auf und er rieb sich nervös über die Stirn. „Vergiss es."

„Du verheimlichst noch was."

„Es gibt Sachen, die ich dir nicht sagen kann." Er ließ seine aufgewühlten Blicke durch den ganzen Raum wandern, bevor er seinen letzten Satz korrigierte. „Nicht sagen will."

Celestia seufzte vor Ungläubigkeit und versuchte, die Wucht der Enttäuschung, die sie überrumpelte, zu verbergen. Aber die Worte, die ihren Mund verließen, hörten sich sogar fast so gekränkt an, wie sie sich fühlte.

„Du musst mir gar nichts mehr sagen", sagte sie und schüttelte dabei heftig mit dem Kopf, ohne dass sie es wahrnahm.

„Rede einfach nicht mehr mit mir." Sie machte kehrt und wollte schon davonlaufen, als sie seine Worte vernahm.

„Wenn ich es dir verschweige, dann nur, weil ich nicht will, dass du mich hasst", rief er. „Weil ich es nicht ertragen könnte, wenn du mich hasst." Celestia hielt inne und drehte sich zögernd wieder um. Sie musterte sein Gesicht genau.

„Ich habe das Gefühl, dass ich dir nichts glauben kann."
Er schüttelte den Kopf und suchte nach ihrem Blick.
„Ja, ich habe gelogen. Aber das ist nur ein Bruchteil von dem Jaro, den du wirklich kennst."
„Jaro?" Celestia schnaubte verachtend.
„Jaro ist nicht echt", sagte sie. „Ich glaube, das war die einzige Wahrheit, die du jemals ausgesprochen hast."
Er schaute ihr entsetzt in die Augen. „Wie kannst du ..."
Er kratzte sich verwirrt am Hinterkopf und konnte für einen Moment seine Stimme nicht finden. „Wie kannst du sowas sagen? Wie kannst du sowas denken?" Er konnte nicht glauben, dass sie ausgerechnet das aussprach, von dem sie wissen sollte, dass es ihn am meisten kränkte.
„Du hast mir genug Gründe gegeben, um an dir zu zweifeln."
„Womöglich habe ich das", gab er zu. „Und womöglich habe ich das alles verdient." Er schluckte schwer und schaffte es für einen Moment nicht, sie anzuschauen. Dann griff er nach ihrer Hand und legte sie sich auf seine linke Brust. An die Stelle, wo sich bei Menschen das Herz befand.
„Du hast mich zu Jaro gemacht", sagte er leise.
Wenn sie es nicht besser gewusst hätte, hätte sie geglaubt, er wäre den Tränen nahe. Celestia zögerte einen kurzen Moment, bevor sie ihm ihre Hand entzog und einen Schritt zurückwich.
„Anscheinend habe ich mir nur etwas vorgemacht", sagte sie und konnte selbst nicht glauben, wie erbarmungslos und kalt sie sich anhörte. Sie ließ ihn dort wie erstarrt stehen und ging in ihr Zimmer, während ihr langsam klar wurde, was für einen Schaden sie gerade angerichtet hat-

te. Er würde ihr womöglich nie wieder verzeihen.
Celestia fühlte, wie die Schuldgefühle in ihr aufquollen und ihr das Atmen erschwerten.
Sie könnte es ihm nicht übel nehmen, wenn er nun wirklich nicht mehr mit ihr reden würde.
Auch wenn Jaro ihre Gedanken kannte und wusste, dass sie all das nicht so meinte, hatte sie das Verlangen, sich bei ihm zu entschuldigen.
Aber sie traute sich noch nicht. Er war jetzt wahrscheinlich noch zu wütend, um ihre Entschuldigung zu akzeptieren.
Doch als sie Schritte aus dem Wohnzimmer hörte, wurde sie ganz panisch vor Angst. Wollte er gehen? Vielleicht hatte sie ihn so sehr gekränkt, dass er gehen und nicht zurückkommen würde. Ohne nachzudenken und ohne zu zögern, lief sie eilig zurück und schlug ihre Tür vor lauter Panik zu fest zu, sodass Jaro, der ihr den Rücken zugewandt hatte, sich umdrehte und sie mit geneigtem Kopf beobachtete. Er konnte nicht wissen, was sie als Nächstes tun würde, denn Celestia selbst wusste es noch nicht.
Als ihre Blicke sich trafen, wunderte sie sich darüber, dass sie kein Anzeichen von Wut in seinem Gesicht erkennen konnte.
Sie rannte auf ihn zu und schlang beide Arme um ihn, ohne auf eine Reaktion von ihm gewartet zu haben. Jaro war wie versteinert. Er blinzelte ein paar Mal benommen, bevor er auch seine großen Hände vorsichtig auf ihren schmalen Rücken legte. Er berührte sie so vorsichtig, als befürchtete er, sie könnte unter seiner Berührung zerbrechen.
Sie hatte die Augen fest zusammengepresst und stellte

sich vor, wie er sie von sich wegschubste und sie anschrie. Dann lief er hinaus und war für immer verschwunden.
„Bitte geh nicht weg", hörte sie sich wimmern. „Bitte."
„Ich hatte nicht vor, irgendwohin zu gehen." Er versuchte, sie an den Schultern zu fassen und sie ein Stück von sich wegzuziehen, um ihr in die Augen zu sehen, doch Celestia wehrte sich mit aller Kraft und verharrte an ihrem Platz.
„Ich gehe nirgendwohin", sagte er ruhig.
„Bitte geh nicht weg", wiederholte sie, als hätte sie ihn nicht gehört. Ihr nasses Gesicht kitzelte, weil sie plötzlich angefangen hatte zu weinen. Nun ließ sie von ihm ab und wischte sich mit ihrem Jackenärmel über die feuchten Wangen. Ihre Augen waren vor lauter Tränen so klebrig geworden, dass sie Schwierigkeiten hatte, sie offenzulassen. Sie zog die Nase hoch, die wahrscheinlich vollkommen rot geworden war, und machte einen Schritt zurück, um zu ihm aufzuschauen.
„Es tut mir leid", sagte sie mit rauer Stimme. „Ich wollte dir nicht wehtun." Sie senkte den Blick und konnte nicht erahnen, wie er reagieren würde. Vielleicht würde er sagen: *Du kannst mir nicht wehtun.* Oder: *Deine Entschuldigung ändert nichts.*
Aber er sagte nur: „Ich weiß."
Sie nickte hilflos und fühlte sich immer noch erbärmlich.
„Ich habe dir auch mal in meiner Wut ganz schön schlimme Sachen an den Kopf geworfen", sagte er dann. Sie nickte erneut und drehte sich langsam wieder um. Sie merkte selbst nicht, was sie tat. Es war, als würde sie von ihren Füßen gelenkt werden, um sie von seiner Nähe zu entfernen. Damit sie keinen weiteren Schaden mehr anrichtete.

Doch sie hielt inne, als er ihren Namen sagte.
Sie schaute ihn fragend an, immer noch etwas aufgewühlt. Ihre Augen und ihre Nase brannten, genau wie ihr Hals, jedes Mal wenn sie versuchte, zu schlucken.
„Schläfst du etwa nicht mehr hier?“, fragte er dann mit einem leichten Lächeln um die Lippen.
„Wenn du nichts dagegen hast“, sagte sie vorsichtig.
„Ich möchte nicht, dass du denkst, ich wäre wütend auf dich. Das muss ich aber annehmen, wenn du dich so benimmst.“ Er setzte sich und wartete darauf, dass sie sich beruhigte.
„Glaub mir, ich war noch nie besonders nachtragend“, fügte er dann hinzu, als sie ihn anstarrte, ohne etwas zu sagen.
„Es ist okay, wenn du wütend bist.“
Er räusperte sich und legte die Hände ineinander.
„Ich bin nicht sauer“, sagte er. „Nur ein klein wenig verletzt.“
„Es tut mir leid.“
„Schon okay.“
„Es tut mir wirklich leid“, wiederholte sie sich und fühlte sich wie eine richtige Idiotin. Doch wie sollte sie sonst ausdrücken, wie schrecklich sie sich fühlte?
„Es ist okay“, sagte er jedes Wort betonend.

In dieser Nacht schlief sie wieder im Wohnzimmer. Und da sie die letzte Nacht keine Sekunde geschlafen hatte, fiel sie sehr schnell in einen so friedlichen Schlaf, von dem sie nicht gedacht hätte, dass es wieder möglich war.
Jaro dagegen dachte die ganze Nacht stirnrunzelnd nach.

Er musste mit ihr über ihre Frage reden. Aber das ging nicht, ohne dass sie sauer wurde. Und obwohl es das Letzte war, was er wollte, musste er das in Kauf nehmen, solange er noch konnte. Solange die Zeit es ihnen noch erlaubte.

KAPITEL 18

Es vergingen einige Tage, ohne dass einer von ihnen etwas ansprach, was zu einem Streit hätte führen können.
Sie taten so, als gäbe es nichts zu bereden. Dabei wussten sie beide, dass es nicht so war. Sie wussten, dass einer von beiden früher oder später das Thema anschneiden würde, auch wenn sie es im Grunde nicht wollten.
So ging es weiter, bis Celestia eines Nachts wieder einmal aus ihrem leichten Schlaf aufwachte und Jaro nicht auf der Couch vorfinden konnte. Sie setzte sich sofort auf und blickte aus dem offenen Fenster in die Dunkelheit. Draußen heulte leise der Wind und brachte die Vorhänge zum Tanzen. Der Anblick von Vorhängen, die mit dem Wind spielten, hatte immer eine beruhigende Wirkung auf Celestia gehabt, aber im Moment konnte Celestia nichts Tröstliches empfinden. Eine Welle von Emotionen durchflutete sie.
Die Lichter waren aus. Er war nicht da.
Sie atmete vor Schreck auf, als sie das realisierte.
Ohne zu merken, was sie tat, sprang sie auf und beeilte sich, sich umzuziehen. Schnell band sie sich die Haare zu einem lockeren Pferdeschwanz, damit sie ihr nicht ins Gesicht fielen, und schlüpfte hastig in ihre Stiefel.
Als sie die Wohnung verließ, schlug ihr die kalte Nachtluft so ins Gesicht, dass es brannte. Sie schlang beide Arme um ihren Oberkörper und lief mit kleinen, aber schnellen Schritten.
Die Nacht war still. Außer dem Pfeifen des Windes war kein Geräusch zu hören.

Warum war er gegangen, fragte sie sich verzweifelt. Würde sie ihn finden? An eine andere Möglichkeit wollte sie gar nicht denken.
Also hoffte sie, dass sie ihn wieder dort finden würde, wo sie ihn auch das letzte Mal getroffen hatte.
Der Weg kam ihr unglaublich lang vor. Sie wusste nicht, ob es an der Kälte lag oder an der Ungewissheit, die sie verspürte – an der Angst, dass er nicht dort war. Dass sie ihn nicht finden würde.
Sie konnte sich nicht vorstellen, was sie dann tun würde. Wie sie sich fühlen würde.
Als sie sich dem Terminal näherte, wurden die Straßen voller. In jedem Menschen, der an ihr vorbeiging, suchte sie sein Gesicht.
Doch ohne Erfolg.
Am Terminal angekommen, blieb sie stehen und suchte ihn mit einem verzweifelten Gesichtsausdruck.
So als hätte sie akzeptiert, dass ihre Suche aussichtslos war. Doch es dauerte nicht lange, bis ihr Blick an ihm haften blieb.
Jaro saß auf der gleichen Bank wie das letzte Mal, als hätte er sie für sich beansprucht. Sein Blick war auf die orangerote Fähre gerichtet, die gerade angefahren kam und deren Nebelhorn dröhnte. Und auf das ruhige Wasser, das er so gerne betrachtete und das im Dunkeln ganz andere Emotionen vermittelte als bei Tag. Als würde es seine Persönlichkeit ändern, wenn die Sonne unterging, wenn der Mond über dem dunklen Meer schien und auf dem Wasser verlockend schimmerte.
Er stand auf, als er sie sah.

Celestia lief erleichtert auf ihn zu und konnte sich nur mit Mühe davon abhalten, ihn gleich in den Arm zu nehmen. Sie blieb stehen und suchte vorsichtig nach seinem Blick. Sie hoffte darauf, dass er etwas sagte, aber er blieb stumm. In seinem Blick lag ein nachdenklicher Ausdruck. Die Augen noch kleiner als gewöhnlich, weil er sie leicht zusammengekniffen hatte. Sorgenfalten auf seiner Stirn, die nichts Gutes verhießen.

Seine Lippen geschürzt, als würde er sich darauf vorbereiten, etwas Schlechtes zu verkünden.

„Du hast gesagt, du gehst nicht weg", sagte Celestia dann, um die Stille zwischen ihnen zu brechen, und musste sich bemühen, nicht zu schmollen.

Er erwiderte ihren Blick, doch seine Miene war unergründlich.

Celestia begann, sich unbehaglich zu fühlen.

Sein Verhalten konnte nichts Gutes bedeuten.

„Es ist schon sehr spät", sagte sie dann. „Warum bist du nicht zu Hause?"

Zum ersten Mal, seit er sie hier erblickt hatte, wandte er den Blick von ihr ab und starrte lange zu Boden.

„Zu Hause", murmelte er so leise, dass Celestia ihn nicht verstehen konnte. Das Komische war, dass es sich wirklich anfühlte wie zu Hause. *Sie* fühlte sich an wie zu Hause. Als wäre er angekommen, an einem Ort, von dem er selbst nicht wusste, dass er ihn gesucht hatte. Dass er ihn *gebraucht* hatte.

Celestia verlagerte ihr Gewicht von einem Fuß auf den anderen und wartete noch einen Moment, bevor sie einen unsicheren Schritt in seine Richtung machte.

„Warum bist du einfach gegangen?“ Sie hoffte auf eine Antwort, die sie beruhigen würde. Die ihre Angst und Zweifel davonfegen würde, als wäre es sinnlos gewesen, dass sie diese Gefühle überhaupt zugelassen hatte.
Diesmal machte Jaro ein Schritt auf sie zu.
Rechts neben der Bank leuchtete eine Laterne, die auf ihre Gesichter schien. Ihre Augen strahlten in dem goldenen Licht.
Obwohl Celestia immer noch fror, fühlte sie, wie das Licht ihr Herz erwärmte.
„Liebe mich, Celestia!“
Celestia erstarrte. War sie womöglich doch erfroren? Hatte die Kälte sie samt ihrem Bewusstsein unter Kontrolle? Wie sonst konnte sie sich diesen Unsinn erklären?
Jaro wartete ohne ein Anzeichen von Ungeduld. Er ließ sie nicht aus den Augen, während sie sich innerlich verkrampfte und glaubte, sie hätte sich verhört.
„Was?“, bekam sie dann endlich raus.
„Liebe mich und gib mir die Chance, dir dein Leben wiederzugeben.“
Celestia brauchte eine Weile, bis sie langsam begriff, worauf er hinauswollte.
„Wenn das ein Scherz sein soll …“
„Nein“, sagte er mit fester Stimme. „Lass mich dir antworten, lass mich dir sagen, was du wissen willst.“
„Ich möchte es nicht wissen“, brachte sie mit Mühe hervor.
„Du willst“, erwiderte er. „Du hast nur Angst davor, es zu hören.“
„Na und?“ Sie klang hysterisch. Ihre Finger zitterten so

sehr, dass sie sie zu Fäusten ballen musste. „Ich merke sehr wohl, dass das, was du mir zu sagen hast, mir nicht gefallen wird! Warum also sollte ich mir das antun?"
Er ließ seine Blicke wieder über das Meer gleiten, das ihn sonst so beruhigte. In dieser Dunkelheit wirkte es unberechenbar. Wie sie.
„Ich werde es dir sagen, ob du es hören willst oder nicht. Die Tatsache, dass es dir nicht gefallen wird, ändert nichts daran, dass es nur zu deinem Besten ist. Und solange es für dich eine Chance gibt, ist alles andere egal."
Sie schüttelte flehend den Kopf, den Tränen nahe. Ihre Lippen zitterten unkontrollierbar.
„Celestia", sagte er, „es gibt Möglichkeiten, wie du am Leben bleiben kannst."
„Nein", rief sie, doch ihre Stimme brach.
Er nickte heftig und streckte die Hand nach ihr aus, doch sie machte abweisend einen Schritt zurück.
„Ich will gehen."
„Ich werde nicht zulassen, dass du dir das antust, Celestia. Wenn du dich umentscheidest ..."
„Ich werde mich nicht umentscheiden!"
„Wenn du es tust", sprach er weiter. „Wird die Person den Preis dafür bezahlen, die du in diesem Moment am meisten liebst. Lass mich diese Person sein."
Sie verzog das Gesicht, als wäre ihr schlecht. Sie hörte zwar alles, was er sagte, aber sie wollte es nicht wahrhaben.
„Lass mich dir dein Leben wiedergeben!"
„Das ist nicht deine Entscheidung", rief sie wutentbrannt. „Du musst mich sterben lassen. Du hast es versprochen!"
„Ich weiß, dass du das nicht willst."

„Was ich will, ist vollkommen egal."
Niemals würde sie es in Betracht ziehen, sich umzuentscheiden, wenn dabei ein anderer zu Schaden kommen würde. Vor allem wenn ...
Sie schüttelte den Kopf, als könnte sie so die Gedanken loswerden, die ihr Gehirn zum Brennen brachten.
„Du musst auf deinen Wunsch verzichten." In seinen schwarzen Augen lag ein fordernder Ausdruck. Drängend.
„Das werde ich niemals tun", sagte sie entschlossen. *Niemals.*
„Ich möchte nichts mehr davon hören."
Sie machte kehrt und lief zurück.
Sie lief so schnell, dass sie bald aus der Puste kam und anhalten musste.
Celestia versuchte, ihren Atem zu beruhigen, doch sie war so aufgewühlt, dass es nicht funktionierte.
Sie stützte sich mit der Hand an einem Bushäuschen ab und glaubte, sie müsste ersticken.
Wieso war sie überhaupt hergekommen? Es war ihre Schuld, dass sie nun um Luft ringen musste. Dass Jaros Worte ihr tief in der Brust saßen und ihr Herz so fest umgriffen, dass es jeden Moment aufhören könnte zu schlagen.
Celestias ständige Angst, er könnte verschwinden und sie würde allein zurückbleiben, hatte sie dazu getrieben, ihn zu suchen.
Sie hatte vergessen, wie es war, allein zu sein. Und sie wollte sich auch nicht mehr daran erinnern.
Die Einsamkeit machte ihr noch mehr Angst als je zuvor.
Jetzt begann sie, am ganzen Körper zu zittern. Was, wenn

er nicht zurückkommen würde? Was, wenn er sie zurückließ?

Das wäre zu schmerzhaft, um es zu ertragen.

Wenn man die Einsamkeit erst mal vertrieben hatte, kam sie beim nächsten Mal noch stärker zurück. So heftig, dass es einen umbringen konnte. Oder noch schlimmer: leidvoll quälend, ohne Aussicht auf ein Ende.

„Ich kann dich gerne nach Hause begleiten, wenn du nichts dagegen hast“, hörte sie eine Stimme sagen. Es dauerte einen Moment, bis sie zuordnen konnte, wem die Stimme gehörte, die ihr das Blut in den Adern gefrieren ließ.

KAPITEL 19

Sie wagte es nicht, sich umzudrehen. Sie könnte es gar nicht, auch wenn sie wollte. Ihre Füße schienen am Boden festzukleben. So als würden sie nicht mehr zu ihr gehören.
Sie spürte, dass er näherkam, obwohl sie seine Schritte nicht hören konnte. Das Einzige, was sie hörte, war das dumpfe Rauschen des Blutes in ihren Ohren.
Im nächsten Moment stand er vor ihr.
Bei seinem Anblick wurde ihr so übel, dass sie das Gesicht verzog.
„Lange nicht gesehen, nicht wahr?“ Noah grinste sie so an, dass sie ihm am liebsten ins Gesicht geschlagen hätte.
„Das liegt bestimmt daran, dass du mir die Tür nicht öffnest, wenn ich dich besuchen komme.“
Auch wenn Celestia nicht ganz bei Sinnen war, konnte sie erkennen, dass er betrunken war. Seine Stimme verriet es ihr. Viel zu hoch und nasal.
Sie schaute sich um, doch weit und breit war niemand zu sehen. Wenn nur ihre Füße wieder auf sie hören würden! Doch sie blieb immer noch wie angewurzelt stehen und konnte sich kein Stück bewegen.
„Oder sie mir vor der Nase zuknallst, als wäre ich ein Hund!“
Einem Hund würde ich die Tür nicht vor der Nase zuknallen, hätte sie beinahe gesagt, doch bemühte sich, den Mund zu halten.
Es war besser, ihn in diesem Zustand nicht zu provozieren.
„Aber soweit ich das mitbekommen habe, hast du neuer-

dings ziemlich viel Besuch!"
Celestia presste die Lippen zusammen und atmete tief ein.
„Oder sollte ich lieber sagen: einen neuen Mitbewohner? Schließlich sieht man ihn nie ein und ausgehen!"
„Verfolgst du mich etwa?", entfuhr es ihr.
„So würde ich das nicht nennen", sagte er. „Sagen wir es so: Ich habe es gern, zu wissen, wo du dich gerade aufhältst."
„Du ekelst mich an", sagte sie wahrheitsgemäß und war endlich wieder in der Lage, sich zu bewegen.
Sie lief schnell an ihm vorbei, doch er hatte sie so fest am Handgelenk gepackt, dass sie sich seinem Griff nicht entwinden konnte. Es war so dunkel, dass sie sein Gesicht nicht genau sehen konnte, doch sie war sich sicher, dass seine Augen vor Wut funkelten.
„Du glaubst, du könntest mich sitzen lassen für einen anderen?!"
Celestias Herz schlug ihr bis zum Hals. Sie befreite ihren Arm und wich einen Schritt zurück.
„Hör auf damit!", schrie sie, doch ihre Stimme klang weinerlicher, als sie es beabsichtigt hatte. Sie wusste nicht, was sie sonst hätte sagen sollen. Nichts ergab Sinn. Er würde nichts von dem, was sie sagte, verstehen.
Noah fiel in ein so fieses Gelächter, dass Celestia unfähig war, zu reagieren.
Sie wich zurück und zog es in Erwägung, einfach davonzurennen, auch wenn die Chancen nicht gut standen, ihm zu entkommen.
„Ich soll aufhören?", fragte er verachtend. „Du liebst es,

das Opfer zu spielen, nicht wahr?"
Er packte sie grob an beiden Armen und sein Griff ließ sie zusammenfahren.
„Schon seit deine Eltern tot sind, liebst du es, dass man dich bemitleidet. Dass man dir Aufmerksamkeit schenkt!"
Sie versuchte, sich loszureißen, doch ohne Erfolg.
„Und im nächsten Moment spielst du eine Show ab, als ob dir die Aufmerksamkeit nicht gefällt!", fauchte er und zerrte an ihrem Arm.
„Oder gefällt dir nicht, von wem sie kommt? Bin ich dir nicht gut genug?" Er stieß wieder ein verachtendes Lachen aus, sodass es ihr den Atem raubte.
„Ich hab ... ich hab nie ..." Doch das war alles, was sie hervorbrachte. Ihr Gehirn war wie gelähmt, sie konnte nicht mal vernünftig denken.
„Was hast du nie?", fragte er und wurde noch wütender. „Mir keine Hoffnungen gemacht? Hast du mir etwa keine schönen Augen gemacht?"
„Nein", flüsterte sie nur wimmernd und presste die Augenlider zusammen, um dem Sturm an Tränen Einhalt zu gebieten, der sonst wie eine ungezügelte Welle über ihr Gesicht strömen würde.
„Heuchlerin!", schrie er. „Du bist eine verdammte Heuchlerin und das weißt du!"
Sie schüttelte heftig den Kopf, versuchte, sich aus seinem Griff zu befreien, doch schaffte es nicht.
Sie spürte, wie ihre Knie nachgaben, und wartete nur darauf, jeden Moment hinzufallen wie ein Haufen Elend.
Doch im nächsten Augenblick ließ er sie los. Ehe Celestia merkte, was passiert war, hörte sie Noah zu Boden stürzen.

Ein ganz schönes Stück weg von ihr. Unnatürlich weit.
Celestia atmete auf, als sie Jaros Gestalt erkannte, der ihr nun nah genug stand, um ihn zu erkennen.
Aber Jaros Blick war auf Noah gerichtet, der sich nun aufrappelte und sich konzentriert den Dreck von seiner Jacke wegwischte.
Celestia suchte nach Jaros Blick, aber er schaute sie nicht an. Am liebsten hätte sie seine Hand genommen und wäre mit ihm nach Hause gerannt.
Doch er schien nicht das Gleiche wie sie im Sinn zu haben. Jeder Muskel war angespannt, als er einen großen Schritt auf Noah zumachte.
„Ich hatte dir gesagt, was passiert, wenn ich dich noch einmal in ihrer Nähe sehe." Seine Stimme klang so bedrohlich, dass sie Celestia fremd vorkam.
Noah lachte auf.
„Was willst du tun?", fragte er und breitete die Arme aus. „Willst du mich schlagen? Mach schon! Nur zu!"
Celestia wusste, dass er in nüchternem Zustand anders reagiert hätte. Sie blickte verzweifelt zu Jaro, der nicht den Anschein machte, als wollte er gehen.
Seine Hände bebten vor Wut und er ballte sie zu Fäusten.
„Mit dem größten Vergnügen." Mit einem kräftigen Hieb schlug er Noah wieder zu Boden. So fest, dass er erst herumwirbelte, bevor er stürzte und benommen liegen blieb. Doch ohne ihm Zeit zum Aufstehen zu geben, kniete sich Jaro hin und schlug weiter wie wild auf ihn ein. Erst wehrte sich Noah und hatte es einmal geschafft, auch Jaro einen Schlag zu versetzen, doch dann konnte er nichts mehr tun.

„Wenn du es noch einmal wagst ...", sagte er, während er ein weiteres Mal zum Schlag ausholte.
Celestia schlug die Hände vor den Mund, als sie in Noahs blutiges Gesicht blickte. Ihr Magen krampfte sich bei dem Anblick zusammen.
„Jaro!", schrie sie dann, doch er schien sie nicht zu hören. Sie zerrte hilflos an seinem Arm, damit er aufhörte.
Er hielt in seiner Bewegung inne und blickte schwer atmend in Celestias ängstliches Gesicht. Die Faust immer noch in der Luft.
„Hör auf!", flehte sie dann verzweifelt.
Jaro blickte wieder zu Noah, der anscheinend bewusstlos geworden war. Doch er fühlte keine Genugtuung.
„Jaro, bitte." Sie zupfte an seinem Jackenärmel. „Lass uns gehen."
Immer noch vor Wut schnaubend ließ er schließlich seine Hand sinken und stand auf.
Er strich sich noch kurz den Mantel glatt, bevor er seinen Blick wieder auf Noah richtete. Da Celestia befürchtete, er würde jeden Moment wieder auf ihn losgehen, nahm sie sein Gesicht in ihre Hände und versperrte ihm die Sicht auf ihn.
„Sieh mich an", flüsterte sie. „Es geht mir gut."
Er ließ seinen Blick über ihr Gesicht wandern und nickte ihr dann zu.
Sein Brustkorb hob und senkte sich stark bei jedem Atemzug.
„Du blutest", sagte sie besorgt und deutete auf seine Augenbraue.
„Jetzt, wo du es sagst." Er fasste sich an die Stirn und Ce-

lestia sah, dass auch seine rechte Hand verletzt war. „Mir ist plötzlich auch etwas schwindelig. Und so schlecht zumute ..."
Er taumelte leicht und Celestia schlang beide Arme um ihn, damit er nicht hinfiel. Dabei konnte sie sein verschmitztes Lächeln nicht sehen.
„Es ist nicht mehr weit bis nach Hause", sagte sie aufmunternd.

KAPITEL 20

Zu Hause angekommen schaltete sie das Licht ein und schloss das Fenster, durch das kalte Luft in ihre Wohnung hereinströmte.
Sie holte den Erste-Hilfe-Kasten aus der Küche und legte ihn auf den kleinen Tisch im Wohnzimmer.
„Setz dich", sagte sie zu ihm.
Er setzte sich neben sie auf die Couch und sie rückte näher an ihn heran, sodass ihre Knie sich beinahe berührten.
Er blinzelte kein einziges Mal, während sie den Kasten öffnete, ihn erst mit ihren Augen erforschte und dann mit ihren Händen durchwühlte.
Dann ließ sie einen stark riechenden Sirup auf ein Stück Watte tropfen und reinigte damit seine Wunde an der Augenbraue.
Er ließ sie die ganze Zeit über nicht aus den Augen und verfolgte jede ihrer Bewegungen, sodass sie ganz verlegen wurde.
„Du hättest nicht die Kontrolle verlieren sollen", sagte sie dann und versuchte, seinem Blick auszuweichen.
„Oh, ich hatte mich total unter Kontrolle", erwiderte er. „Wenn ich außer Kontrolle gewesen wäre, hätte er das nicht überlebt."
„Ich meine es ernst." Sie schüttelte empört den Kopf. „Er hätte wirklich sterben können."
„Und das hätte er verdient", wandte Jaro ein.
„Sag sowas nicht."
„Tut er dir etwa leid?" Er verzog das Gesicht, als wäre er fassungslos.

„Das war einfach zu viel.“ Sie zuckte ratlos mit den Schultern, drückte dann ein Stück Mull an seine Augenbraue und klebte es fest.
„Er hat es darauf ankommen lassen.“
„Ich weiß“, sagte sie seufzend. „Aber ich sehe sowas einfach nicht gern.“
„Es tut mir leid“, sagte er und verzog entschuldigend den Mund, „dass du das mit ansehen musstest.“
Sie lachte leise.
„Wir haben ihm sogar einen Krankenwagen gerufen“, sagte er, als könnte er es immer noch nicht begreifen. „Das war wirklich zu viel des Guten.“
„Wir hätten ihn doch nicht einfach so da liegen lassen können“, wandte sie ein.
„Du vielleicht. Ich hatte damit kein Problem.“
„Ja, ja, jetzt gib mir deine Hand.“ Doch als sie dann seine Hand anblickte, glaubte sie, sie hätte den Verstand verloren. Sie griff schnell mit beiden Händen nach seiner rechten Hand und musterte sie von allen Seiten.
„Du Lügner!“
„Hey, ich habe nie was anderes behauptet“, verteidigte er sich.
„Du hättest es mir sagen können.“
„Hätte ich dir gesagt, dass meine Wunden von selbst heilen, hättest du mich dann verarztet?“
„Nein, wieso denn auch?“
„Also“, sagte er. „Dann bereue ich es auch nicht, nichts gesagt zu haben.“
„Du bist unmöglich“, sagte sie und schlug ihm leicht auf den Oberarm.

„Und du wirklich süß."
„Das kann ich von dir leider nicht behaupten", sagte sie und schmollte unwillkürlich.
„Zu schade." Er seufzte tief und musterte sie dann besorgt. „Geht es dir wirklich gut?"
Sie erwiderte seinen Blick und dachte nach. Sie wusste nicht, wie es ihr ging, aber sie bezweifelte, dass sie sich *gut fühlte.*
„Ich komme klar."
„Das tut mir leid." Er legte eine Hand auf ihre und sie ließ es zu.
„Was meinst du?"
„Ich hätte wissen müssen, dass er in der Nähe war. Ich hätte dich nicht allein gehen lassen dürfen ..."
„Wie kommt es, dass du es nicht wusstest, wo du doch alle Gedanken von jedem kennst?"
„Ich habe nicht jeden Gedanken von jeder Person im Kopf. Wenn ich an eine bestimmte Person denke, dann kann ich deren Gedanken hören. Erst durch deine Gedanken habe ich gewusst, dass er bei dir war."
„Oh."
„Ich dachte, er hätte es bei seinem letzten Kommen begriffen." Er schüttelte verständnislos den Kopf.
„Ja, er war zwar wütend, als er ging, und ihm gingen Sachen durch den Kopf wie: *Das lasse ich nicht auf mir sitzen,* oder: *Deine Drohung werde ich dir sonst wohin stecken.* Aber ich habe es nicht ernst genommen, ich dachte, der kriegt sich wieder ein. Ich hätte seine Gedanken wenigstens ab und zu checken müssen." Er schüttelte wieder den Kopf, als könnte er sein eigenes Handeln nicht begreifen. „Das

war einfach total bescheuert."
„Du kannst nichts dafür."
„Doch natürlich. Alles, was dir widerfährt, ist meine Schuld."
Celestia konnte ihm ansehen, dass er sich wirklich schlecht fühlte.
„Ich bin eine Katastrophe", sagte er dann.
„Du bist keine Katastrophe!"
„Vielleicht bin ich nicht die Katastrophe selbst, aber derjenige, der sie verursacht."
„Hör bitte auf, sowas zu denken."
Doch als sie den Ausdruck in seinen Augen wahrnahm, wurde ihr klar, dass das nicht der einzige Grund für seine Schuldgefühle war.
„Wegen ihm warst du an dem Tag so überzeugt, dass du sterben wolltest. Deine Wut auf ihn hat dich dazu getrieben, Ja zu sagen. Und ich hab es zugelassen."
„Du hast mich mehrmals gewarnt", widersprach sie ihm. „Das ist totaler Quatsch, wenn du dich deswegen schlecht fühlst."
„Ich hätte an dem Tag nicht kommen dürfen", sagte er und wandte den Blick von ihr ab, um zu verbergen, dass er nicht alles ausgesprochen hatte, was ihn plagte.
„Kannst du mir bitte etwas versprechen?", fragte sie.
Er nickte.
„Wenn du wieder weggehen solltest, kannst du mir dann bitte Bescheid sagen?"
„Okay", sagte er. „Wobei ich zugeben muss, dass ich nicht erwartet hätte, dass du auf einen nächtlichen Spaziergang aufbrichst. Ich wollte bloß etwas nachdenken, um mor-

gen früh mit dir zu reden."
„Ich dachte ..." Sie senkte den Blick und spielte mit ihren Fingern.
„Ich dachte, du kommst vielleicht nicht wieder."
Er rückte näher an sie heran und strich ihr sanft über die Wange.
„Ich werde *immer* wiederkommen."

KAPITEL 21

Celestia hatte Mühe, zu verstehen, wie sie sich in so eine Lage bringen konnte. In ihr war alles so durcheinander, dass sie befürchtete, den Verstand zu verlieren.
Sie fühlte sich verzweifelt, wenn sie an jene Nacht dachte, in der sie sich den Tod gewünscht hatte.
Sie fühlte sich niedergeschlagen, wenn sie an ihre Vergangenheit dachte.
An all die Tränen, die sie aus unersättlichem Kummer vergossen hatte.
All die schlaflosen Nächte, in denen ihr ihre Situation nur noch aussichtsloser erschien.
Und dann waren da die anderen Gefühle.
Die Geborgenheit, die sie in Jaros Nähe spürte.
Die Sicherheit, die von ihm ausging.
Seine tiefen Blicke, die sie ganz verlegen machten.
Das Verlangen, ihn immer lächeln sehen zu wollen.
Die Angst, ihn zu verlieren ...
Ein größeres Durcheinander konnte sie sich gar nicht vorstellen.
Und jetzt, da sie die Antwort auf ihre Frage erhalten hatte und diese Möglichkeit unter keinen Umständen für sie infrage kam, musste sie noch stärker versuchen, die Gedanken daran zu verdrängen. Damit Jaro nicht auf die Idee kam, wieder das Thema zu öffnen.
Und das würde ihr nur gelingen, wenn sie sich ablenkte.
Deshalb stand sie seit den frühen Morgenstunden in der Küche und buk.
Sie war schon ganz erschöpft, ihr Rücken schmerzte,

ihre Beine drohten nachzugeben und auch jeder andere Körperteil sträubte sich dagegen, noch länger stehen zu bleiben und Blech für Blech in den Ofen zu schieben und wieder herauszunehmen und wieder hineinzuschieben. Beim Öffnen des Ofens schlug ihr jedes Mal so heiße Luft entgegen, dass es ihr bereits das Atmen erschwerte. Ihr war so warm, dass ihre Haut kitzelte.

Sie warf einen Blick aus dem Küchenfenster und stellte fest, dass die Sonne bereits wieder unterging.

Ihr war nicht bewusst gewesen, dass es schon so spät geworden war.

„Ich möchte mich ja nicht in deine Angelegenheiten einmischen", sagte Jaro, als er merkte, dass sie jeden Moment zusammenbrechen könnte. „Aber ich denke, eine kleine Pause würde dir nicht schaden."

Ja, sie brauchte eine Pause. Sie hatte sich noch kein einziges Mal hingesetzt, seit sie die Küche betreten hatte.

Aber sie wusste selbst, dass jede freie Minute bedeutete, dass sie sich mit aller Kraft anstrengen musste, die Gedanken zu verdrängen, die ihr immer wieder uneingeladen in den Kopf schlichen.

Beim Backen war es einfacher, sich auf das zu konzentrieren, was sie gerade tat:

Zucker ist drin.

Butter ist drin.

Vanillezucker ... Wo ist denn nur der Vanillezucker? Ach, hier!

Fehlen noch die Eier.

Eier sind auch drin.

Umrühren, umrühren.

Mehl ist drin.

Kneten.

Und sobald ein neues Blech im Ofen war, zählte sie die Sekunden für jede Minute, die verging.
Noch 8 Minuten. 1, 2, 3, 4, 5, 6, 7, 8, 9, 10 ...
Noch 7 Minuten ...
Doch sie hielt es nicht länger aus.
Sie öffnete den Wasserhahn und wusch sich den klebrigen Teig aus den Händen.
„Die ganze Wohnung ist so warm, dass man sich kaum vorstellen kann, dass die Leute da draußen frieren." Jaro hatte sich neben sie gestellt und schaute in das große Durcheinander in der Küche. So viel Geschirr wartete nur darauf, gespült zu werden.
Auch wenn Celestia bei dem Anblick am liebsten vor Erschöpfung gejammert hätte, freute sich ein kleiner Teil von ihr, dass sie für später eine Ablenkung hatte.
„Tut mir leid", sagte sie, während sie sich die Hände an einem Küchentuch abtrocknete.
„Mir macht es ja nichts aus", erwiderte er. „Aber deine Wangen gehen gleich in Flammen auf."
Sie lachte leise. „Das würde mich nicht wundern. Sie fühlen sich auch so an."
Dann ließ sie sich auf das Sofa fallen. Am liebsten würde sie den ganzen Tag nicht mehr aufstehen, so weh tat ihr alles.
Sie rieb sich müde über die Augen und unterdrückte ein Gähnen.
„Wann kommen die Kunden?", fragte Jaro dann plötzlich und Celestia wurde hellwach.
„Wie bitte?"
„Ich mein ja nur, weil man die Küche vor lauter Gebäck

nicht betreten kann. Da dachte ich, du musst ein Haufen zahlende Kundschaft haben." Er grinste sie verschmitzt an.
„Wir haben leider keine Kunden. Das ist alles für dich. Du musst wohl oder übel alles aufessen", spielte sie mit.
Seine Miene hellte sich auf. „Das halte ich nicht für möglich."
„Dann muss ich dich wohl zwingen."
„Du kannst es gerne versuchen", sagte er herausfordernd und lächelte frech.
„Wobei", fuhr er dann fort. „Bei der Auswahl kann ich mir vorstellen, dass auch etwas für meinen Geschmack dabei ist."
„Das will ich hoffen."
Jaro sah sie an und musste daran denken, wie anders alles für sie hätte sein können, wenn er nicht in ihr Leben getreten wäre.
Er würde nicht aufhören, es zu versuchen, egal wie oft sie ihm widersprach. Und obwohl er es hasste, wenn sie stritten, musste er das in Kauf nehmen.
„Bist du wirklich entschlossen?"
Celestia starrte ihn ausdruckslos an und schluckte schwer.
„Dich zu zwingen, alles aufzuessen?", fragte sie, obwohl sie genau wusste, dass er das nicht meinte.
„Zu sterben", sagte er ernst.
Sie nickte.
„Ich weiß, du willst nicht darüber reden, aber ich ertrage das nicht."
„Es geht mir gut", sagte sie.
„Ich werde dich nicht sterben lassen", sagte er, während

er den Kopf schüttelte und den Blick auf den Boden fixiert hatte.

„Nicht, wenn ich dich so sehe. Wenn ich weiß, dass du ein schönes Leben haben könntest. Wenn ich weiß, dass du dir ein Leben wünschst."

„Du kannst nicht einfach so unsere Abmachung brechen", erwiderte sie irritiert. „Du hast mir eine Möglichkeit genannt und ich denke, ich habe deutlich gemacht, dass das nicht infrage kommt. Ich werde mich nicht umentscheiden, Jaro. Wirklich nicht."

„Und ich glaube nicht, dass ich aufhören werde, es zu versuchen."

„Das solltest du aber."

„Sieh dich doch an", sagte er. „Du könntest ein schönes Leben haben, Celestia. Ein Leben, wie du es dir wünschst. Du könntest wieder versuchen, das Café deiner Eltern zu betreiben ... Du könntest glücklich sein."

„Warum kannst du meine Entscheidung nicht einfach akzeptieren? Du machst alles nur noch schwerer!"

„Es tut mir leid", sagte er. „Aber ich werde deine Entscheidung niemals akzeptieren."

„Das ist ..." *Egoistisch, rücksichtlos, unfair.*

„Schade", sagte sie dann nur. Denn sie würde ihre Entscheidung niemals ändern.

KAPITEL 22

„So", sagte er. „Von mir gibt es zehn Sterne für deine Schokobrötchen, null Sterne für deinen Apfelkuchen und sieben für die Quarktaschen." Jaro strahlte förmlich, als er ihr sein Ergebnis nannte. Er hatte das Gebäck vor sich auf den Tisch gelegt und nur so winzige Bissen genommen, dass er unmöglich etwas herausschmecken konnte.

„Du hast doch nur geraten!"

„Nein", log er. „Ehrlich."

„Und was stimmt nicht mit meinem Apfelkuchen?"

Er zögerte. „Dass es ein Kuchen mit Äpfeln ist?"

Sie lachte und lief zurück in die Küche, wo das Geschirr auf sie wartete. Er folgte ihr und stellte sich neben sie, während sie anfing zu spülen.

„Ich meine, wer kam überhaupt auf diese Idee? Das macht doch keinen Sinn."

„Wenn du anfängst, nach dem Sinn in jeder Sache zu suchen, kannst du noch lange grübeln", merkte sie an.

„Und außerdem ist es ein sehr beliebter Kuchen. Ich glaube nicht, dass viele dabei deiner Meinung wären."

„Ich würde mich wundern, wenn es anders wäre. Schließlich bin ich einzigartig."

„Und überaus bescheiden."

Jaro lachte in sich hinein.

„Und, was willst du als Nächstes probieren?"

Er verzog das Gesicht und schaute auf die unzähligen Sorten auf dem Küchentisch.

„Ich passe, danke."

„Gibst du schon auf?"

„Ich möchte nur eine kurze Pause, bevor ich diese Köstlichkeiten weitergenießen kann."
Sie warf ihm einen ungläubigen Blick von der Seite zu, während sie eine Schüssel spülte, an der hartnäckig Teig klebte.
„Tut mir leid", sagte er. „Essen liegt nun mal nicht in meiner Natur, ich finde es grauenhaft."
„Hätte ich gewusst, dass du es so scheußlich findest, hätte ich dich nie gebeten, irgendwas zu essen."
„Komm schon, du hast doch von Anfang an gemerkt, dass ich es furchtbar finde."
„Ja, vielleicht", gab sie zu. „Aber es war lustig, anzusehen."
„Und dann nennst du *mich* einen Lügner ... Unglaublich!"
„Wenn du dich erinnerst, hast du gesagt, du fändest die Zimtschnecken nicht so schlecht, wie du angenommen hattest. Das hab ich dir geglaubt."
„Das war aber nur zum Teil gelogen. Ich fand es nicht so schrecklich wie sonst alles."
„Das freut mich zu hören."
„Oh, ich kann das machen", rief er, krempelte die Ärmel seines schwarzen Kragenpullovers hoch und streckte ihr die Hand hin, damit sie ihm die Schüssel überreichte.
„Nein, danke."
„Wirklich, ist okay", drängte er.
„Ich glaube, am Ende wäre dann alles nur noch mehr durcheinander."
„Du zweifelst an meinen Spülkünsten?" Er legte sich theatralisch die Hand auf die Brust und sie nickte schuldbewusst.
„Gut, dann eben nicht", gab er nach. „Falls du es vergessen

hast, habe ich gespült, als du krank warst", sagte er stolz.
Celestia konnte nicht anders als zu lachen.
„Es war beinahe schmerzhaft, dir zuzusehen."
Erst schaute er überrascht, dann grinste er sie an. „Hast du mich etwa beobachtet?"
„Ich habe es nur aus den Augenwinkeln gesehen … rein zufällig."
„Aha? Dann will ich dir mal glauben …"
„Das wäre angebracht." Sie lächelte ihn an und als sie seinen Gesichtsausdruck sah, verdrehte sie genervt die Augen.
„Bitte fang nicht wieder an."
„Wie wäre es mit einem letzten Versuch?"
„Wenn du das meinst, was ich denke, was du meinst, dann: nein!"
„Du weißt, dass ich es trotzdem wieder versuchen werde."
„Ich will nicht mehr, dass wir uns ständig streiten", sagte sie.
„Wir diskutieren doch bloß."
Sie funkelte ihn an. „Und am Ende ist immer einer von uns wütend. Tolle Diskussion."
„Dann würde ich dir empfehlen, nicht mehr wütend zu werden. Dann wäre das Problem gelöst." Er lachte so, als hätte er gerade die Lösung aller Rätsel gefunden.
Celestia seufzte tief und deutete ihm zu sprechen. Sie stützte sich mit der einen Hand am Waschbecken ab und die andere stemmte sie sich in die Hüfte.
„Also", fing er vorsichtig an. „Wenn ich dir das Café zur Verfügung stelle …"
Sie schaute ihn warnend an und kniff die Augen zusammen.

„Würdest du es dann in Erwägung ziehen, weiterzuleben?"
Ohne nachzudenken, sagte sie: „Nein!"
Dann wandte sie sich wieder dem Abwasch zu.
„Überleg es dir doch erst mal! Vielleicht wenn du ..."
„Ich sagte Nein! Egal was du sagst, egal was du tust ... Jaro, es wird nichts ändern."
Seine weichen Gesichtszüge wurden hart, seine lockere Art wieder vollkommen ernst.
„Gut." Dann würde er eben andere Saiten aufziehen.
Er musste tun, was er tun musste, um sie vor sich selbst zu retten.
Celestia entging der Ausdruck in seinem Gesicht nicht. Doch von ihr aus konnte er so wütend werden, wie er wollte, sie würde nicht zulassen, dass ihm etwas passierte.
Als er die Küche verließ, befürchtete sie, er würde gehen, doch er setzte sich nur auf die Couch. Griesgrämig wie eh und je.
Sie trocknete sich die Hände und ließ das restliche Geschirr einfach liegen. Dann packte sie sich die Decke und das Kissen und brachte beides in ihr Zimmer.
Sie kam zurück, um die Matratze zu holen, als sie seine Blicke auf sich spürte.
„Wo willst du hin?", fragte er zornig.
„Das weißt du doch sowieso."
Dann brachte sie die Matratze mit Mühe ebenfalls in ihr Schlafzimmer, wobei sie einmal stolperte und fast hingefallen wäre. Zum Glück war ihr diese Blamage erspart geblieben.
Sie legte sich schlecht gelaunt in ihr Bett und zog sich die Decke über den Kopf.

Was für eine blöde Situation!
Sie wälzte sich hin und her und stellte sich vor, dass er verschwunden sein würde, wenn sie das nächste Mal das Wohnzimmer betrat.
Der Gedanke ließ sie frösteln, als würde ihr Inneres aus Eis bestehen. Aus einem riesigen Eisblock, der ihr Herz ergriffen hatte und einfrieren ließ.

KAPITEL 23

„Ignorieren wir uns jetzt also?", fragte Jaro, als sie nach einer gefühlten Ewigkeit ihr Zimmer verlassen hatte und ihn nicht mal ansah.
„So ist es", antwortete sie, den Blick immer noch entschlossen abgewandt.
„Und so willst du alles lösen?"
„Ich versuche überhaupt nichts zu lösen, weil es nämlich nichts zu lösen gibt."
„Mach nur weiter so", rief er ihr zu. „Wenn es dich glücklich macht, soll es mir recht sein."
„Ich strotze vor Glück, wie du ja sehen kannst", zischte sie wütend.
„Jedes Gespräch führt zum selben Thema und endet in einem Streit. Deshalb ist es besser, wenn wir erst gar nicht miteinander reden."
„Tolle Idee", sagte er. „Aber denke nicht, dass ich währenddessen rumsitze und deine Entscheidung akzeptiere. Ich werde einen Weg finden, um dich zu retten. Ob du es willst oder nicht."
„Darf ich fragen, warum dir so viel an meinem Leben liegt?"
Er seufzte und fuhr sich über das Gesicht. Vielleicht war die Zeit gekommen, ihr endlich zu erzählen, wovor er sich so fürchtete.
Sein Geheimnis, das er ihr bis jetzt nicht anvertraut hatte. Vielleicht musste sie ihn hassen, damit sie es sich anders überlegte.
„Die Sache, die ich dir nicht erzählen wollte", fing er dann

an und Celestia hielt den Atem an. Sie fürchtete sich vor dem, was er sagen würde. Sie fürchtete sich vor dem, was sie davon halten würde.

„Es geht um den Grund, warum ich in jener Nacht zu dir kam."

Sie wartete, ohne was zu sagen.

„Ich habe diese Welt zutiefst verabscheut", sagte er und sie sah, dass er mit sich selbst rang. „Alles an ihr, mich eingeschlossen. Ich verabscheute meine ganze Existenz, *abgrundtief*."

Es schien ihm schwerzufallen, sich zu fassen, doch Celestia hatte nicht verstanden, was er meinte und was das, was er sagte, mit ihrem Wunsch zu tun hatte. Ihrer Entscheidung zu sterben.

„Ich war gefangen in einer tiefen Dunkelheit, in meiner eigenen Dunkelheit. Meinem eigenen Schatten", fuhr er fort.

„Ich wollte, dass es ein Ende hatte. Und in deinem Wunsch zu sterben, sah ich eine Chance", erzählte er weiter. Seine Stimme klang anders, so als würde sie ihn zum ersten Mal hören. Er sprach weich, aber gepresst. „Du hattest nichts zu verlieren und du warst wütend. In dir sah ich meinen einzigen Ausweg. Ich nahm an, dass ein Mensch, der bereit war, zu sterben, diese Welt hinter sich zu lassen, voller Wut und voller Hass sein würde. Aber du warst nicht hasserfüllt", sagte er. „Und nichts lief, wie ich es mir erhofft hatte."

Celestia schluckte schwer und wagte es nicht, zu blinzeln. Sie hielt so lange den Atem an, bis ihre Lungen brannten.

„Meine Absicht war es, mir deinen letzten Wunsch zu-

nutze zu machen." Celestia konnte ihm ansehen, wie viel Kraft es ihn kostete, diesen Satz auszusprechen.
„Inwiefern?", schaffte sie zu flüstern.
„Ich dachte ... ich nahm an, du würdest dir etwas wünschen, das eine negative Wirkung auf die Welt hätte. Irgendetwas, das die Wut in mir lindern würde ... Insgeheim hoffte ich, du würdest dir die Verdammnis über die ganze Welt wünschen und ich müsste nicht mehr sein. Denn ich existiere, weil die Welt existiert. Ich existiere, weil Menschen existieren. Du warst meine einzige Möglichkeit. Deshalb war ich jedes Mal enttäuscht und auch verblüfft, wenn du die Menschen in Schutz genommen hast. Ich weiß, das klingt so verdammt idiotisch und es ist so weit hergeholt ... aber nur so wäre ich in der Lage gewesen, das wirklich zu tun. Nur so könnte ich alles zerstören, was ich verabscheute ..."
Celestia musste an ihr Gespräch vom ersten Tag der Abmachung denken.
Es sind doch hauptsächlich die Menschen der Grund für deine Entscheidung, für dein Unglück. Oder nicht?
„Aber du hast diese Welt niemals gehasst. Selbst, als du sterben wolltest, sie verlassen wolltest, hast du dir gewünscht, dass Gutes existiert. Du hast dir etwas Gutes gewünscht, für eine Welt, zu der du nicht mehr gehören würdest ... du warst so selbstlos und gütig, dass ich ... dass ich anfing, zu bereuen."
Er rieb sich über den Nasenrücken und presste für einen Moment die Lippen zusammen. So fest, dass sie verblassten.
„Ich sah zu, wie du anfingst, leben zu wollen. Ich sah deine Verzweiflung, und ich war derjenige, der dich in diese

Lage gebracht hatte. Ich hatte deinen Wunsch zu sterben für meine Ziele ausgenutzt ..." Er schüttelte so heftig den Kopf, dass Celestia schwindelig wurde. Sie presste ihre Hand gegen ihren Bauch, damit die Übelkeit verschwand.
„Du verdienst es nicht, für meine Fehler zu büßen. Du verdienst es nicht, in dieser Lage zu sein."
Sie schluckte den schweren Knoten in ihrem Hals runter und vergrub ihr Gesicht in den Händen.
„Der Grund, warum ich dir das erzählt habe, ist: Das ist es, was ich bin, Celestia. Ein Monster."
Sie drückte sich mit dem Handrücken so fest auf die Augen, dass es schmerzte.
„Ein Monster, das diese Welt zerstören wollte. Die Menschheit. Alles, was existierte." Ihre Reaktion machte ihn so fertig, dass er glaubte, er könne es nicht ertragen, doch nun kannte sie die Wahrheit und das würde sie dazu bringen, ihn zu hassen. Und wenn sie ihn hassen musste, um am Leben zu bleiben, dann war ihm das recht.
Sie schüttelte ungläubig den Kopf.
„Es ist die Wahrheit, Celestia. Weißt du nicht mehr, wie ich reagiert habe, als du mir deinen Wunsch genannt hast?"
„Wie kommt es, dass du meinen Wunsch nicht bereits kanntest?"
„Ich weiß es nicht. Es war das Einzige, was ich nicht hören konnte und gleichzeitig das, was ich am meisten wissen wollte."
Er stand auf, schob den Stuhl wieder an seinen Platz und stützte sich mit den Händen am Tisch ab. Seine Ärmel waren immer noch hochgekrempelt und an seinen kräftigen Armen traten die Adern hervor.

„Es tut mir leid", sagte er. „Ich hätte dich niemals aufsuchen dürfen, dich niemals fragen dürfen ..."
Celestia sagte nichts mehr. Und sie schaute ihn auch nicht mehr an. Sie war so fassungslos, dass sie nicht mal wusste, was sie denken sollte.
„Jetzt, wo du es weißt", fuhr er fort. „Musst du vernünftig sein und auf deinen Wunsch verzichten. Du musst mich die Strafe dafür zahlen lassen. Hätte ich mein Ziel erreicht, so wie ich es mir gewünscht hatte, dann wäre es für mich sowieso zu Ende gewesen."
Sie schaute ihm in die Augen und sein Blick war wachsam.
„Es tut mir leid, dass du so etwas Schreckliches vorhattest", sagte sie dann endlich und er senkte schuldbewusst den Blick.
„Und ... ich bin sehr enttäuscht."
Sie machte eine kurze Pause.
„Aber wenn du glaubst, dass ich mich umentscheide, nur weil ich wütend auf dich bin, dann irrst du dich."
Er schaute auf. Schockiert. Überrascht. Verzweifelt.
„Wie kannst du noch ...?"
„Hast du wirklich geglaubt, ich würde meine Meinung ändern, weil du mir das erzählt hast?"
„Jeder vernünftige Mensch würde das tun!"
„Dann bin ich eben nicht vernünftig", erwiderte sie.
„Meinetwegen hast du ..."
„Hör zu, Jaro. Ich habe mir gewünscht, zu sterben, und es war meine Entscheidung. Du trägst keine Schuld daran. Der Grund, warum ich wütend auf dich bin, ist nicht, weil ich meinen Wunsch bereue. Sondern einzig allein deine Absicht."

„Du bereust deinen Wunsch“, sagte er harsch.
„Nein“, beteuerte sie. „Ich bereue ihn nicht.“
Und das war die Wahrheit.

KAPITEL 24

Celestia hatte oft darüber nachgedacht, was er ihr verschwieg und nicht sagen konnte. Nicht sagen *wollte*.

Die eine Sache, die ihn so bedrückte, dass sie es in dem Ausdruck seiner dunklen Augen erkennen konnte. Den Schmerz, den er fühlte, konnte er nicht verheimlichen.

Denn was brachte es, wenn der Mund schwieg, die Augen aber sprachen und alles offenbarten, was einem am Herz nagt ...

Doch Celestia hätte noch für weitere hundert Jahre überlegen können und niemals hätte sie es erraten.

Die Verdammnis über die Welt!

Noch dramatischer ging es wohl nicht! An dem ist ein Autor verloren gegangen, dachte sie vor Zorn benebelt.

Sollte er sie doch hören, *der Idiot!*

Und der einzige Grund, warum er ihr das erzählte, war, damit sie ihn sterben ließ. Als ob ...

Sie zog sich genervt die Decke über den Kopf, der vor lauter Grübeln zu platzen drohte, und kniff die Augen zusammen, bis sie schmerzten.

Als ob sie ihn sterben lassen könnte ...

Als ob sie ohne ihn weiterleben könnte ...

Ja, sie war wütend. Sehr wütend sogar. Aber Wut würde vergehen, denn es war kein ewig anhaltendes Gefühl. Und vor Wut konnte man zwar Fehler machen, man konnte blind werden für die wesentlichen Dinge, und leichtsinnig, aber man verlor ja gleich nicht den Verstand.

Außerdem war das nicht alles, was sie fühlte. Celestia war auch enttäuscht.

Von der Stärke seiner Dunkelheit, von seiner gewaltigen Grausamkeit, seiner Gewissenlosigkeit ...
Sie könnte die ganze Nacht wachbleiben, um die Dinge aufzuzählen, von denen sie so dermaßen enttäuscht war, dass es schmerzte. Ein Loch entstand tief in ihrer Brust, das von Sekunde zu Sekunde wuchs und drohte, ihr Herz zu verschlingen.
Doch neben all diesen Gefühlen, die sie empfand, drang ein weiteres zu ihr hindurch, ganz langsam und zaghaft, vorsichtig, aber kontinuierlich. Und irgendwann hatte es sich einen Weg in ihr Herz gebahnt.
Es war Mitgefühl, das sie so erschütterte.
Wie furchtbar musste er sich fühlen, um nicht nur allen um sich herum, sondern auch sich selbst ein Ende zu wünschen?
Und wie verzweifelt musste er sein, dass er bereit war, die ganze Welt dafür zu bestrafen?
So unterschiedlich, wie sie auch waren, die Dinge, die sie fühlten, waren sich doch so ähnlich.
Sie hatten beide einen Weg vor sich gehabt, der ihnen so aussichtslos erschien, dass sie ihn beenden wollten.

Jaro wusste jetzt, wie er Celestia retten würde. Es gab keinen Zweifel, denn darauf würde sie keinerlei Einfluss haben.
Diese Option war ihm zwar schon immer bekannt gewesen, er hatte sie jedoch bis jetzt noch nie in Erwägung gezogen, da ihm eines erst jetzt klar wurde. Eine Sache, die er erst jetzt eingesehen hatte, akzeptiert hatte. Sich selbst eingestanden hatte.

Und weil er sich jetzt so sicher war, gab es auch keinen Platz mehr für Zweifel. Er wusste es nämlich: Celestia würde leben.
Was genau mit ihm passieren würde, das wusste er noch nicht. Sein Ende würde nicht dem Ende eines Menschen gleichen. Er würde nicht sterben, wie ein Mensch starb. Aber ganz gewiss würde er sich auflösen. Verschwinden. Nicht mehr sein.
Und so sehr ihn diese Tatsache nun auch beruhigte, konnte er nicht verhindern, dass sich ein beklemmendes Gefühl in ihm breitmachte.
Zwar würde sie am Leben bleiben, aber dafür musste er etwas tun, das ihm noch mehr Sorgen bereitete als das Ende, das auf ihn wartete.
Er musste Celestia verletzen.
Es gab zwar nichts, was sie tun konnte, um ihren Wunsch aufrechtzuerhalten oder ihn vor dem Schicksal zu bewahren, das er nun klar vor Augen sah. Dennoch konnte Jaro nicht zulassen, dass sie ihr Leben mit Kummer verbrachte. Deshalb musste er sie so verletzen, dass sie ihn nicht mehr bei sich haben wollte. Nur so könnte sie ihn gehen lassen.
Der Gedanke schmerzte ihn, aber das Ende stand ihm bevor. Und er musste dafür sorgen, dass Celestia nicht an ihm hängenblieb.

Obwohl nichts unerträglicher für Celestia war als die Einsamkeit, wusste sie, dass es keinen anderen Ausweg gab.
Jaro würde nicht aufhören, nach einem Weg zu suchen.
Sie war bereit, auf alles zu verzichten, nur um ihn vor sich

selbst zu beschützen.
„Geh!“, sagte sie mit verschränkten Armen vor der Brust und dem bestmöglichen gleichgültigen Gesichtsausdruck, den sie aufsetzen konnte.
Jaro schaute nicht einmal auf.
„Ich meine es ernst! Du verschwindest sowieso immer, wenn es dir passt, also sag bloß nicht, es hätte was mit der Voraussetzung zu tun.“
Er erwiderte ihren starren Blick, ohne sich von der Stelle zu rühren.
Sein Gesicht wirkte so ausdruckslos wie bei ihrer ersten Begegnung. Celestia konnte förmlich spüren, wie Kälte von ihm ausging und sich um sie legte, wie ein mächtiger Fluch, der sie einzufrieren drohte. Umhüllt von nichts außer scharfen Eissplittern, nicht mehr in der Lage, sich zu bewegen, geschweige denn, sich aus diesem Gefängnis zu befreien.
Celestia versuchte, einen Schritt zurückzuweichen oder ihre verschränkten Arme zu lösen, doch es war, als hätte sie keine Kontrolle mehr über ihren Körper.
Sie fror, obwohl es nicht kalt war.
„Ich werde gehen“, sagte Jaro dann, noch schneidender als die Kälte selbst, die sich in Celestias Haut brannte.
„Aber nicht, wenn du es mir sagst, sondern wenn ich es entscheide.“
Er stand auf und blieb ihr gegenüber stehen, sodass sie zu ihm aufschauen musste.
„Wenn ich schon die Welt nicht vernichten kann, habe ich immer noch die Möglichkeit, mich selbst zu vernichten.“
In Wahrheit ging es ihm längst nicht mehr um ihn. Um

seine Existenz. Seine Wut. Seinen Hass. All das war nun vollkommen belanglos. Ihm ging es nur noch um Celestia.
„Da muss ich dich enttäuschen“, sagte sie. „Du wirst weder die Welt noch dich selbst vernichten können.“
Er musterte sie reglos und entschied sich dann, sie in dem Glauben zu lassen, ihr Wunsch zu sterben, würde in Erfüllung gehen.
„Du wirst dir noch wünschen, du hättest diesen Wunsch niemals ausgesprochen.“
Sie kniff die Augen zusammen und machte einen Schritt zurück.
Sie schmunzelte schadenfroh und hob die Schultern. „Wenn dich der Gedanke tröstet ...“
„Du wirst dir wünschen, du wärst mir nie begegnet. Du wirst den Tag verfluchen, an dem du mich kennengelernt hast. Am Morgen wird das dein erster Gedanke sein und nachts dein letzter. Du wirst dich selbst hassen für deinen Wunsch. Und du wirst dir nichts sehnlicher wünschen, als mich loszuwerden. Aber ich werde deine letzten Tage mit Genugtuung ruinieren, bevor dein verdammter Wunsch in Erfüllung geht.“ Er würde ihr nicht sagen, dass er sie retten würde. Dass er nicht zulassen würde, dass ihr etwas passierte.
Damit würde er nichts erreichen.
Aber indem er sie von sich wegschob, sie von sich entfernte, ermöglichte er ihr ein Leben. Ein Leben ohne Schuldgefühle oder andere plagende Gefühle, die sie nur quälen würden.
Er würde ihr so auf die Nerven gehen, bis sie es nicht mehr erwarten könnte, ihn nie wiederzusehen.

Sie würde ihn hassen.
„Da irrst du dich." Celestia schnaubte verachtend. „Man kann nichts ruinieren, wenn es nichts mehr zu retten gibt."
„Oh doch", sagte er mit gepresster Stimme. „Man kann immer mehr Schaden anrichten. Du wirst dich noch wundern."
Celestia war den Tränen nahe. Er stand ihr so nah, aber verhielt sich doch so fremd. Die Wut in seinen Worten verletzte sie mehr, als sie zugeben wollte.
„Geh", sagte sie wieder, klang diesmal aber nicht wütend, sondern verletzt.
„Ich werde bleiben, Celestia. Ich werde bleiben, um noch mehr Schaden anzurichten."
„Vorhin hast du noch behauptet, du würdest alles bereuen", merkte sie an.
„Meine Worte vorhin waren nichts weiter als Mitleid. Du hast mir leidgetan", sagte er. „Das ist ja auch kein Wunder, so ..." Plötzlich verstummte er und presste die Lippen zusammen. Er brachte es doch nicht über sich, diese Worte auszusprechen.
„So was?"
Er sagte nichts und wandte seinen Blick ab.
„So armselig, wie mein Leben ist?"
Jaro seufzte tief und setzte sich wieder hin. „Das habe ich nicht gesagt."
„Danke, dass du es nur angedeutet hast", sagte sie ruhig, doch das Blut, das in ihre Wangen gestiegen war, verriet sie.
Als sie die Wärme in ihrem Gesicht spürte, drehte sie sich

bebend vor Wut um und verschwand für ein paar Minuten in ihrem Zimmer. Dort verdrängte sie die Tränen, die sie bloßstellen wollten. Doch diesmal ließ sie es nicht zu.
Dann raste sie an Jaro vorbei und schlug die Wohnungstür heftig hinter sich zu. Es war später Nachmittag und der graue Himmel schien Celestia auszulachen. Für diese wahnsinnige Situation, in die sie geraten war.
Sie schlang beide Arme um ihren Oberkörper und zitterte am ganzen Körper. Ob vor Kälte oder Verzweiflung, konnte sie nicht sagen.
Sie lief, so schnell sie konnte, und drehte sich kein einziges Mal um, doch sie war sich sicher, dass Jaro direkt hinter ihr war.
Sie lief so lange, bis sie an einem geeigneten Platz angekommen war. Menschenleer und gefährlich.
Das dunkle Wasser wirkte tödlich.
Die wütenden Wellen schlugen wild gegen die hohen Felsen und Wasser prasselte auf den Boden vor Celestias Füßen.
Sie starrte eine Weile auf das Meer, bevor sie sich umdrehte und direkt in Jaros verwirrte Augen blickte.
Sie hatte sich auf dem ganzen Weg darauf konzentriert, ihre Schritte zu zählen, damit er in ihren Gedanken nicht fündig wurde.
„Was soll das?", fragte er und ließ sie nicht aus den Augen.
Celestia machte einen Schritt zurück und kam den Felsen gefährlich nahe.
„Warum hast du dich dafür entschuldigt, mich in diese Lage gebracht zu haben? Warum hast du es bereut?" Ihre Augen wanderten über sein starres Gesicht, unwillig, etwas preiszugeben.

„Nichts weiter als Mitleid“, antwortete er, ohne zu zögern.
„Du lügst.“
Er schüttelte den Kopf.
„Ich glaube dir nicht“, sagte sie. „Du hast mich tagelang verrückt gemacht mit deinem Gerede darüber, dass ich vor mir selbst fliehen würde. Und jetzt tust du es ...“
„Du irrst dich“, beharrte er.
„Wenn das so ist“, sagte sie und war im nächsten Augenblick auf die Felsen gestiegen. Es war so windig, dass sie nur mit Mühe ihr Gleichgewicht halten konnte. „Ich brauche dein Mitleid nicht.“
Der Wind schlug ihr so stark ins Gesicht, dass ihre Augen tränten.
Ihre Haare flogen ihr wild ums Gesicht und versperrten ihr die Sicht, doch sie glaubte zu sehen, wie er ihr die Hand entgegenstreckte.
„Hör auf mit dem Scheiß und komm runter“, befahl er.
„Du willst also noch mehr Schaden anrichten?“, rief sie ihm zu. „Du willst mich noch quälen, bevor ich sterbe? Dann beende ich es lieber hier und jetzt!“ Ohne auf seine Reaktion zu warten, ließ sie sich nach hinten fallen. Ihr Gesicht fühlte sich wie betäubt an vor Kälte und auch ihre Gedanken schienen langsam nur noch aus dunkler Leere zu bestehen.
Doch ehe nur wenige Sekunden vergangen waren, hatte Jaro sie an ihren Armen gegriffen und kräftig zu sich gezogen. Celestia taumelte und blieb dann, immer noch in seinem Griff, nach Luft ringend stehen. In Jaros Blick stand bloße Fassungslosigkeit.
„Spinnst du jetzt völlig?“, fragte er schwer atmend.

Dann zog er sie näher zu sich und Celestia war überrascht, als er sie plötzlich umarmte. Ihr Herz schlug unangenehm heftig.
„Ich wusste, dass du mich rettest“, flüsterte sie zitternd und Jaros Umarmung wurde noch fester. Die Angst, die er soeben gespürt hatte, war zu real, um sie zu ignorieren. Er konnte nicht so tun, als würde sie ihm nichts bedeuten, als wäre sie ihm egal.
Jaro löste sich langsam von ihr und legte beide Hände auf ihre Schultern. „Tu sowas *nie* wieder!“
Celestia sagte nichts. Sie schaute ihn nur an.
Sein Blick wanderte zu ihren Lippen und er überlegte nicht lange, bevor er sich zu ihr runterbeugte. Sie rührte sich nicht von der Stelle, als er seine Lippen auf ihre legte.

KAPITEL 25

„Unser Leben kann nicht immer voller Freude, aber immer voller Liebe sein", hatte Thomas von Aquin gesagt.

Celestia verstand erst jetzt, was das wirklich bedeutete. Freude und Liebe gehörten nicht immer zusammen. Sie waren kein gegenseitiges Versprechen.

Man hatte nicht das eine, nur weil man das andere hatte.

Freude war keine Voraussetzung für Liebe, und Liebe kein Garant für Freude.

Das wurde ihr nun klar, da sie liebte, ohne glücklich zu sein.

Ohne Freude zu verspüren.

Denn wie konnte man sich über die Liebe freuen, wenn man wusste, dass sie keine Zukunft hatte? Wenn man auf die bevorstehende Trennung wartete, die ganz gewiss kommen würde?

Liebe war nicht nur eine positive Emotion, denn sie führte auch zu Schmerz und Trauer. Zu Leid.

Wer bereit war, zu lieben, musste auch bereit sein, zu leiden.

Das war das Opfer, das die Liebenden bringen mussten.

Und dass die Liebe nicht immer nur mit positiven Gefühlen verbunden war, hatte Celestia nun akzeptiert.

Sie hatten sich auf dem South Beach einfach in den Sand gesetzt und schwiegen vor sich hin. Doch sie mussten auch nicht reden, denn es reichte, dass sie die Anwesenheit des jeweils anderen spürten.

Der salzige Geruch des Meeres und das Rauschen der Wellen wirkten tröstend. Als würde das Wasser versuchen, sie

bei jedem Wellenschlag am Ufer zu heilen. Jedes Mal ein bisschen mehr.
Doch ohne Erfolg.
„Mein Lieblingsort“, sagte Celestia und legte ihren Kopf an seine Schulter.
„Der Strand?“, fragte Jaro, obwohl er wusste, dass sie das nicht meinte.
„Nein.“ Sie schmiegte sich noch enger an ihn. „Du.“
Sie verstand nun, was ihre Mutter gemeint hatte.
Jaro war ihr sicherer Hafen. Die Küste, an die sie getrieben wurde, kurz bevor sie glaubte, sie würde ertrinken.
Er legte seinen Arm um sie und sie schauten auf das Meer, als würden sie auf etwas warten, von dem sie wussten, dass es nicht kommen würde.
Die grauen Wolken, die auf die Verrazzano-Narrows-Brücke herabschauten, wirkten weniger tröstlich. Sie waren wie eine Erinnerung an die Wahrheit, die sie in diesem Moment versuchten zu verdrängen, als würde sie nicht existieren.
„Weißt du, was ich will?“, fragte Jaro dann und streckte ihr seine Hand entgegen. Celestia vergrub ihre Hand in seine und schüttelte den Kopf.
„Ich will, dass jeder einzelne Moment, den wir von nun an miteinander verbringen, unvergesslich wird.“ Er küsste zärtlich ihre Hand und sein Blick wirkte so durchdringend, dass Celestia für einen Moment sprachlos war.
„Das klingt wie ein Abschied“, sagte sie bedrückt.
„Zu jeder Begegnung gehört ein Abschied, zu jedem Anfang ein Ende.“ Jaros Gesicht war von Melancholie gezeichnet, auch wenn er versuchte, es sich nicht anmerken zu lassen.

„Trösten gehört wohl nicht zu deinen Stärken“, sagte sie und zwang sich ein Lächeln auf.
„Trost ist eine Lüge“, meinte Jaro. „Eine Lüge, mit der man versucht, die Situation schönzureden, obwohl man genau weiß, dass sie alles andere als schön ist. Ich halte nicht viel davon.“
„Hm“, machte Celestia und dachte kurz nach. „Ich glaube, manchmal brauchen wir auch Lügen. Sonst wäre das Leben unerträglich.“
Jaro lächelte sie an und zog sie enger zu sich heran.
„Also willst du, dass ich dich anlüge?“
„Bitte.“
„Wir werden uns niemals voneinander verabschieden“, sagte er. „Die schönen Momente, die auf uns warten, werden niemals enden. Sie werden für immer anhalten. Wie wir.“
„Und wir bleiben immer zusammen?“
„Immer.“
Celestia lächelte. Auch wenn sie im Grunde genau wusste, dass nichts davon stimmte, fühlte es sich beruhigend an, diese Worte aus seinem Mund zu hören.
Auch wenn sie ihm nicht glaubte. Genauso wenig wie er es tat.
„Danke“, flüsterte sie und legte ihren Kopf an seine Schulter, um ihr bekümmertes Gesicht vor ihm zu verbergen.
„Sag es mir.“ Jaro hob ihr Kinn an und schaute in ihre glasigen Augen, die ihm unfassbaren Schmerz bereiteten.
Celestia sagte nichts, denn sie wusste, dass ihre Stimme brechen würde. Die Tränen wären dann unaufhaltbar.
„Ich will es hören“, sagte er und strich sanft mit seinem

Daumen über ihre Wange und weiter über ihre zitternden Lippen.

Celestia kniff die Augen zu, und den ersten Tränen, die über ihre Wangen flossen, folgten weitere, die immer stärker wurden, als gäbe es kein Ende.

Sie schluchzte auf. „Ich will dich nicht verlieren."

Er nahm ihr Gesicht in seine Hände, drückte ihren Kopf an seine Brust und strich ihr übers Haar.

„Ich weiß", sagte er und gab ihr einen sanften Kuss auf die Stirn.

„Und ich will dich nicht verlieren."

Celestia schaute auf und ihr Schluchzen ließ langsam nach, ihr Atem wurde wieder ruhiger.

Sie wollte auch etwas sagen, aber konnte ihre Stimme nicht finden.

Sie öffnete den Mund und schloss ihn wieder, als sie merkte, dass keine Worte rauskamen.

„Ich will das jetzt loswerden", sagte Jaro ruhig und sein Gesicht war so ernst, dass Celestia wieder zu zittern begann. Was auch immer er vorhatte zu sagen, es würde ihr nicht gefallen, das konnte sie erkennen.

Sie schüttelte bittend den Kopf und verzog das Gesicht zu einer verzweifelten Grimasse.

„Ich möchte ehrlich zu dir sein, deshalb musst du es wissen. Und ich akzeptiere keine Widerrede."

Celestia wandte den Blick ab und löste sich aus seiner Umarmung.

Die Verzweiflung, die sie verspürte, grub sich ganz tief in ihre Kehle, bis sie glaubte, sie würde keine Luft mehr kriegen. Sie wusste nicht, was sie tun konnte, um ihn aufzuhalten.

„Celestia." Er klang so bestimmt, dass ihr einmal mehr klar wurde, dass sie nichts tun konnte, um seine Pläne zunichtezumachen.
Diese Gewissheit, die in jede einzelne Faser drang, lähmte ihr Gehirn.
„Du willst nicht sterben", sagte er.
Sie schüttelte ablehnend den Kopf, obwohl sie wusste, dass er die Wahrheit sagte.
Ja, sie wollte nicht mehr sterben.
Sie wollte seine Hand halten und ihn küssen. Sie wollte ihr ganzes Leben damit verbringen, ihn zu lieben.
„Es hat eine Weile gedauert, bis ich zu dieser Lösung kam", sagte er. „Einfach nur, weil ... ich mir zu spät eingestanden habe, wie wichtig du mir bist. Du musst dich nicht umentscheiden, Celestia. Du musst gar nichts tun."
Sie blickte unschlüssig. „Ich verstehe nicht."
„Aufrichtige Liebe", sagte er jedoch nur. „So einfach war es. Und es war die ganze Zeit vor meinen Augen. Mehr brauche ich nicht, um dich zu retten. Meine Liebe ermöglicht mir, mich für dich zu opfern."
„Das würde ich dir niemals verzeihen", sagte sie, weil sie nicht wusste, was sie sonst sagen könnte, um ihn umzustimmen.
„Von mir aus kannst du mich hassen. Solange du am Leben bleibst, ist mir alles andere egal."
„Ohne dich will ich nicht am Leben bleiben", sagte sie, doch Jaro blieb stumm. „Warum solltest du für meinen Wunsch büßen?"
„Ich verdiene das, Celestia. Du nicht."
„Es war mein Wunsch. Meine Entscheidung"

„Celestia“, sagte er erneut und sie senkte seufzend den Blick. „Wir können uns jetzt streiten, und morgen und die Tage danach. Das wird nichts daran ändern, dass passieren wird, was passieren muss. Es gibt nichts, was du tun kannst, um das zu ändern. Deshalb musst du aufhören, dich dagegen zu sträuben. Du musst es akzeptieren.“

KAPITEL 26

Die Zeit schien von nun an viel schneller zu vergehen. Celestia war die ganze Zeit angespannt. Am liebsten hätte sie die Zeit angehalten, damit sie für immer in diesem Moment bleiben konnte. Damit der Tag, vor dem sie sich am meisten fürchtete, nie kommen würde.

Doch nun war es so weit.

Der nächste Tag würde ihr alles nehmen. Der 10. November. Sie hatte eingesehen, dass sie nichts tun konnte, um das zu ändern. Doch das hieß nicht, dass die Schmerzen deshalb zu ertragen waren. Sie glaubte sogar, dass ihre Hilflosigkeit ihren Schmerz vermehrte.

Sie lagen nebeneinander im dunklen Wohnzimmer und schauten sich an.

Celestia versuchte, sich sein Gesicht so gut es ging einzuprägen.

„Kannst du mir etwas versprechen?“, fragte er flüsternd.

Sie schüttelte den Kopf, denn sie ahnte bereits, was er sagen würde.

„Bitte.“

„Ich weiß, was du sagen wirst“, sagte sie. „Und das kann ich dir nicht versprechen.“

„Du könntest mir versprechen, es zu versuchen.“

Wieder schüttelte sie den Kopf.

„Celestia, ich bitte dich. Trauere mir nicht hinterher.“

„Glaubst du wirklich, dass das möglich ist?“

„Ich wünsche es mir.“

Sie verzog verneinend das Gesicht und er sah ein, dass es aussichtslos war, es weiter zu versuchen.

„Weißt du“, sagte er. „Es ist, als wäre ich eine sehr lange Zeit stehengeblieben. Und alles um mich herum war eingefroren, alles blieb mit mir stehen. Aber als du kamst, fing alles an, sich zu bewegen. Alles bekam eine Bedeutung. Jeder einzelne Moment mit dir war wertvoller als all die restliche Zeit, in der ich mich kein Stück bewegt hatte.“
Celestia schluckte den schweren Knoten in ihrem Hals runter. Sie spürte, wie ihre Lippen zitterten. Seine Worte hatten sie so berührt, weil es sich anfühlte, als würde er ihre Situation beschreiben. Denn genau so fühlte sie sich auch.
Erst durch ihn hatte ihr Leben eine Bedeutung bekommen. Zu hören, dass auch er so empfand, fühlte sich eigenartig an.
„Es macht mir keine Angst, nicht mehr zu sein“, sagte er, als ihm auffiel, wie ihre Augen sich unauffällig mit Tränen gefüllt hatten.
„Das Einzige, was mir Angst macht, ist, dich nicht mehr sehen zu können.“
„Mir macht es aber Angst“, sagte sie. „Es macht mir große Angst, dass du nicht mehr da sein wirst.“
Jaro streckte die Hand nach ihr aus, doch hielt dann mitten in der Bewegung inne.
„Ich hoffe, du kannst wenigstens ein bisschen verstehen, warum ich nicht mehr sein wollte, warum ich es mir so sehr wünschte ... Alles, was ich berühre, verblasst. Alles, was ich berühre, leidet.“
Celestia griff nach seiner Hand und umschloss sie fest mit beiden Händen.
„Das stimmt nicht“, widersprach sie ihm. „Ich bereue es nicht, dich kennengelernt zu haben. Im Gegenteil, ich bin

froh darüber. Du bist mein Engel, Jaro."
Jaro schwieg, aber seine Augen sagten mehr als tausend Worte.
Beide waren still. Sie genossen diesen Moment, der nicht mehr lange anhalten würde.
Eigentlich gab es noch so viel zu sagen, so viel zu tun. Aber die Zeit lief ihnen davon. Sie rannte.
Celestia hatte sich vorgenommen, diese Nacht auf keinen Fall zu schlafen, denn sie wollte keine einzige Sekunde verpassen.
Am Morgen jedoch wurde sie von unglaublich hellen Sonnenstrahlen aufgeweckt und war verärgert über sich selbst.
Doch als sie genauer hinsah, merkte sie, dass es nicht die Sonne war, die sie so blendete. Jaro stand neben ihr mit verschlossenen Augen und schien sie anfangs nicht wahrzunehmen.
Das Licht wurde immer stärker und Celestia schreckte mit einem Mal zurück.
Es war so blendend hell, dass es sie nicht gewundert hätte, wenn die Strahlen durch ihre Wände hindurchgebrochen und die Decke zum Einstürzen gebracht hätten.
„Jaro", rief sie verzweifelt.
„Es tut mir leid", sagte er und schaute sie nun endlich an. Seine dunklen Augen schimmerten. Er presste die Lider zusammen und eine einsame Träne wanderte seine Wange hinab. Celestia strich sie ihm weg und legte ihre Hand auf seine Wange, und er umschloss ihre Hand mit seiner. Er ließ seinen Blick ein letztes Mal über ihr Gesicht gleiten, bevor Celestia ganz langsam wahrnahm, wie er sich auflöste.

Er verschwand Stück für Stück. Als schließlich nichts mehr von ihm zu sehen war, starrte Celestia ihre leere Hand an, die ihn vor wenigen Sekunden noch berührt hatte. Sie konnte nicht begreifen, dass das tatsächlich passiert war.
Es verstrichen mehrere Minuten, doch sie rührte sich nicht von der Stelle. Sie durchfuhr ein solch unbeschreiblicher Schmerz, dass sie nicht mal in der Lage war, zu weinen. Keine Tränen der Welt konnten den Schmerz in ihrer Brust ausdrücken. Keine Worte.
Sie ließ sich auf die Knie fallen und starrte vor sich hin, doch es war, als fiele sie in eine tiefe Leere, die keinen Grund hatte. Man fiel und fiel, doch man kam niemals irgendwo an. Man fiel, ohne jemals zu landen.
Celestia hatte jegliches Zeitgefühl verloren. Die Zeit verstrich langsamer als je zuvor in ihrem Leben.
Ihre Wohnung, die ihr eigentlich immer sehr klein vorgekommen war, wirkte jetzt viel zu groß. Riesig. Als könnte man diese Leere mit nichts füllen und auf keine Weise verschwinden lassen.
Dieser Anblick quälte sie so sehr, dass sie es nicht ertragen konnte.
Sie ging zum Terminal und setzte sich auf die gleiche Bank, auf der Jaro immer saß, und sie hoffte, er würde jeden Moment wieder auftauchen und all der Schmerz wäre vorbei.
Sie stellte sich vor, wie er neben ihr saß und sie anlächelte. Sie überlegte sich, was sie ihm sagen würde, wenn er tatsächlich hier wäre. Tatsächlich neben ihr sitzen würde, so nah, dass sie ihn berühren konnte. Ihre Hand auf seine Wange legen konnte.

Was sie sagen würde, wenn sie ihm so lange in die Augen schaute, dass sie alles andere um sich vergaß.
Doch die Vorstellung verblasste so schnell, wie sie gekommen war.
Denn er würde niemals auftauchen.
Der Jaro, der neben ihr saß, löste sich auf und sie glaubte zu erkennen, wie er in den dunklen Himmel emporstieg.
Und es fühlte sich genauso unbarmherzig an wie sein echter Abschied, bei dem er ihr Herz mitgenommen und sie mit einer Leere in der Brust zurückgelassen hatte.
Die Kälte wurde von Tag zu Tag unerträglicher, aber trotzdem saß sie jeden Abend auf dieser Bank und hoffte, dass er irgendwann zurückkommen würde. Egal wann.
Dieser Gedanke gab ihr die Kraft, weiterzumachen.
Jeden Tag von Neuem.
Sie schaute auf das dunkle Wasser, das ruhig hin und her schaukelte, und hoffte, dass auch er sich das Meer ansah, wo auch immer er nun war. Die Vorstellung, sie würden auf den gleichen Himmel hinaufschauen, die gleichen Sterne anblicken, die die dunkle Nacht erleuchteten, so wie er ihr Leben erleuchtet hatte, tröstete sie.
Oft dachte sie an den letzten Abend, an dem sie versucht hatte, sich sein Gesicht einzuprägen. Der Blick seiner dunklen Augen hatte sich auffallend verändert. Er wirkte tiefer als sonst.
Sein Gesicht war von Kummer gezeichnet, denn auch er mochte keine Abschiede. Aber wer tat das schon?
Gleichzeitig lag jedoch auch ein zufriedener Ausdruck darin. Weil er sie gerettet hatte. Weil sie nicht sterben musste.
Einmal zweifelte Celestia sogar an seiner Existenz.

Vielleicht war all das nur ein Traum gewesen, den sie sich erträumt hatte, um ihre schmerzhafte Einsamkeit zu verscheuchen?
Und auch wenn es so war, dann war es ein tröstlicher Traum.
Zwar endete er mit einem qualvollen Abschied, einer Trennung, die man nicht hinter sich lassen konnte oder wollte, aber sie empfand Trost bei der Vorstellung an ihn. An sein Lächeln. An seine Hände auf ihrem Rücken. Auf ihrem Gesicht. Auf ihrer Haut, die unter seiner Berührung brannte.
Doch sie wollte nicht glauben, dass es ein Traum war.
Sie wollte sicher sein, dass es ihn wirklich gegeben hatte.
Dass er sie wirklich geliebt hatte, so wie sie ihn liebte.
Trost und Kummer standen sich so nahe, dass sie sich sehr leicht vermischten. So, dass man sie nicht mehr unterscheiden konnte. Das Einzige, was man wirklich ausmachen konnte, war der Druck in der Brust, der einem das Atmen zur Qual machte.
Bei jedem Atemzug. Wie ein Stein im Herzen, der sie zu erwürgen versuchte und jede Lebenskraft aussaugte, bis sie aus nichts mehr bestand als Hoffnungslosigkeit.

So vergingen die Tage, bis Mrs. Pearl eines Nachmittags vor Celestias Tür stand und sie breit anlächelte. Sie hatte einen Blumenstrauß aus gelben Tulpen dabei, die sie ihr überreichte, bevor sie überhaupt reagieren konnte.
Aber Celestia war nicht einmal fähig, ein Lächeln vorzutäuschen.
„Tut mir leid, dass ich unangekündigt erscheine, aber ich

habe Sie vermisst. Ich hoffe, ich störe nicht", sagte sie und ignorierte den Kalender, der direkt neben der Haustür hing und mit rot umkreisten Tagen übersät war. Alle Tage, die ohne ihn vergingen.
„Kommen Sie rein. Sie sind immer willkommen."
Celestia schlang ihre Jacke enger um ihren Körper und nahm neben Mrs. Pearl Platz, nachdem sie die Blumen in eine gläserne Vase gestellt und auf dem Küchentisch platziert hatte.
Mrs. Pearl warf ihr forschende Blicke zu und nahm sie fest an der Hand.
„Wie geht es Ihnen?", fragte sie dann.
Celestia wusste, dass sie sich aufrichtig dafür interessierte.
„Danke", antwortete sie. „Es geht mir gut."
Natürlich sagte sie ihr nicht, wie es wirklich war. Wo sollte sie da denn anfangen? Mrs. Pearl hatte ja keine Ahnung davon, wer Jaro wirklich war. Und dass er fort war.
Doch sie hatte die Lippen geschürzt und warf Celestia einen solchen Blick zu, als wüsste sie genau, dass es ihr alles andere als gut ging.
Celestia konnte sich nicht erinnern, sie jemals so ernst und besorgt gesehen zu haben. Sah sie so schlimm aus, dass selbst Mrs. Pearl nicht zum Lachen zumute war?
„Ich weiß, es ist schwer", sagte sie dann zu Celestias Überraschung, denn sie verstand nicht, worüber Mrs. Pearl gerade sprach.
„Aber die Zeit vergeht. Sie heilt zwar nicht alle Wunden, wie man immer sagt, aber ich denke, irgendwann wird es ein klein wenig einfacher werden." Ja, die Zeit verging. Aber Mrs. Pearl wusste nicht, dass sie spüren konnte, wie

jede einzelne Sekunde an ihr vorbeizog und sie quälte.
Celestia nickte, ohne aufzuschauen, und wusste nicht, was sie sagen sollte. Sie wollte nicht, dass Mrs. Pearl sich noch mehr Sorgen um sie machte.
„Wissen Sie, ich bin eine gute Zuhörerin", wandte sie ein. „Leider bin ich nicht besonders gut im Reden."
„Ach was", sagte Mrs. Pearl, wedelte mit ihrer Hand und verzog das Gesicht.
„Ein andermal", versicherte sie ihr dann. „Ein andermal werde ich Ihnen alles erzählen und freue mich sehr, wenn Sie ein offenes Ohr für mich haben. Aber nicht heute ..."
„Na gut. Ein Glück, dass ich ein geduldiger Mensch bin."
Celestia lächelte und war dankbar dafür, dass sie ihr Verständnis entgegenbrachte.
In ihr keimte ein befremdliches Gefühl auf.
Wie lange war es her, dass sie so gelacht hatte?
„Ich habe etwas für Sie", sagte sie dann noch und griff in ihre Handtasche, die sie auf den Tisch gelegt hatte. Sie wühlte eine Weile darin herum, bevor sie einen Briefumschlag herausholte und ihn Celestia überreichte.
„Was ist das?"
„Das ist für Sie", sagte sie nur und legte es dann schließlich auf Celestias Schoß, als sie nicht reagierte.
Sie nahm ihn sich vorsichtig in die Hand, doch es stand nichts darauf. Sie warf Mrs. Pearl einen fragenden Blick zu, doch diese nickte ihr nur zu.
„Lesen Sie es am besten, wenn ich weg bin", riet sie ihr und lächelte aufmunternd.
„In Ordnung", sagte Celestia und legte den Umschlag auf den Tisch, doch ihr Herz polterte dabei wie wild. Die Tat-

sache, dass Mrs. Pearl kein einziges Wort über ihn verloren hatte, verstärkte ihre Vermutung.
Sie schluckte vor Aufregung.
Als sich Mrs. Pearl verabschiedete und Celestia die Tür hinter ihr geschlossen hatte, rannte sie beinahe und holte den Brief aus seinem Umschlag.

Mein Engel,

ich nehme an, es ist einige Zeit vergangen, seit ich dich verlassen musste. Und ich hoffe, dass du mir bereits verziehen hast, wenn du das hier gerade liest.
Du kannst dir bestimmt schon denken, weshalb ich Mrs. Pearl gebeten habe, dir den Brief zu überreichen.
Es ist mir nicht entgangen, wie wohl du dich in ihrer Nähe fühlst. Und dass du lächelst, wenn sie lächelt.
Ich wünsche mir nichts sehnlicher als das.
Bitte triff dich öfter mit ihr. Ich bin mir sicher, sie braucht deine Gesellschaft genauso wie du ihre.
Ich weiß, es wird nichts ändern, wenn ich das sage, aber bitte sei nicht traurig.
Du musst wissen, dass ich nicht traurig war, als ich ging. Denn ich konnte ein letztes Mal dein Gesicht sehen.
Eine Sache noch: Bitte vergiss mich nicht.

KAPITEL 27

Wenn Celestia durch die Straßen von Staten Island lief, ertappte sie sich dabei, wie ihre Blicke den gelben Blättern folgten, die raschelnd im Wind umherflogen und dann vor ihren Füßen landeten. Wie angenehm die weißen Wolken wirkten, die so weich wie Zuckerwatte aussahen, dass sie am liebsten nach ihnen gegriffen hätte.

Und wenn sie über eine Kastanie stolperte, die bewundernswert bräunlich-rot glänzte, hob sie sie auf und steckte sie sich in die Jackentasche.

Manchmal lehnte sie sich ganz weit aus dem Fenster, um den Mond anzuschauen, der von Tag zu Tag zunahm und größer wurde.

Der so hell leuchtete, dass es die dunkle Nacht verschönerte.

Celestia hatte das Gefühl, sie war aus der Hülle ausgebrochen, in der sie sich selbst gefangen gehalten hatte. All die Kleinigkeiten, die sie sonst nie wahrgenommen hatte, stachen ihr förmlich ins Auge und sie konnte nicht anders, als hinzusehen. Es war zu schön, um nicht hinzusehen. Wie kam es, dass sie diese Schönheiten vorher nie bemerkt hatte? Die sie nie angesehen hatte, obwohl sie direkt vor ihren Augen waren ...

Heute war ein ganzer Monat vergangen, seit er fortgegangen war.

Trotz der späten Stunde war sie am Strand, denn hier fühlte sie sich ihm viel näher.

Der erste Schnee des Jahres fiel und als Celestia den Kopf in den Nacken legte und in den dunklen Himmel hinauf-

schaute, sah sie etliche Schneeflocken, die sachte und ruhig hinabfielen.
Der Anblick war so bezaubernd, dass es sie in ihren Bann zog.
Seit dem Tag seines Verschwindens hatte sie kein einziges Mal geweint. Doch sie spürte plötzlich einen Knoten in ihrem Hals, der das anscheinend ändern wollte.
Sie verschränkte die Arme und kniff die Augen zusammen, als sie merkte, wie sie brannten. Im nächsten Moment liefen ihr die Tränen über die Wangen und kitzelten ihre Haut. Auf einmal wurde der Wind stärker und brachte ihre Haare ganz durcheinander.
Celestia zog die Knie zusammen und legte ihren Kopf darauf.
Sie zog die Nase kraus und schluckte schwer.
„Ich glaube kaum, dass eins reichen wird, aber leider ist das mein letztes", hörte sie jemanden sagen und zuckte vor Schreck zusammen.
Als sie dann aufschaute und in Jaros lächelndes Gesicht blickte, der ihr ein Taschentuch anbot, konnte sie nicht glauben, was sie sah. Sie rieb sich über die nassen Augen und riss sie ganz weit auf, doch er stand immer noch vor ihr. Seine schwarzen Haare waren übersät mit weißen Schneeflocken, die seine Augen zum Strahlen brachten.
Sie wartete noch ein paar Sekunden, bis er sich auflöste und wie all die anderen Male in den Himmel hinaufflog.
Doch er flog nirgendwohin ...
Da Celestia nicht reagierte, kniete er sich zu ihr hinunter und trocknete ihre Tränen selbst. Das Taschentuch auf ihrem Gesicht fühlte sich real an und holte sie in die

Wirklichkeit zurück. Sie stand auf und klopfte sich den matschigen Sand vom Mantel, blickte ungläubig in sein Gesicht und streckte ihm eine Hand entgegen, als würde er verschwinden, sobald sie ihn berührte.
Jaro griff nach ihrer kalten Hand und zog sie näher zu sich heran.
„Ich bin echt", sagte er, doch Celestia fühlte sich wie in einem Traum und war so unschlüssig wie bei ihrer ersten Begegnung.
Jaro lächelte und strich ihr die Haare glatt, die vom Wind zerzaust waren und in alle Richtungen standen.
„Du siehst so verwirrt aus, ich wünschte, ich wüsste, was dir jetzt durch den Kopf geht."
Nun war Celestia vollkommen irritiert.
„Was soll das bedeuten?", fragte sie.
„Ich kenne deine Gedanken nicht mehr."
Celestia wusste erst nicht, was sie davon halten sollte, aber dann verstand sie langsam, was er damit meinte.
„Du bist ..." Zweifelnd legte sie eine Hand auf seine Wange und plötzlich konnte sie es auch fühlen. Sie war sich sicher, dass es so war.
„Ja", sagte er. „Wie du."
„Wie ist das möglich?"
„Erinnerst du dich noch daran, was ich dir erzählt hatte, als wir das erste Mal das Waisenhaus besuchen gegangen sind?"
Celestia dachte nach, aber sie wusste nicht, was er meinte.
„Dass du nicht nett bist?"
Er lachte in sich hinein und schüttelte den Kopf. Es war, als sah sie ihn das erste Mal auf diese Weise lächeln.

Vollkommen sorglos. Vollkommen echt.
„Ich sagte, ein Menschenleben sei ein Todesurteil ..."
Jetzt erinnerte sie sich.
Die größte Strafe, die einem Wesen wie mir zuteilwird, ist es, zu einem Menschenleben verdammt zu werden.
„Opfert man sich für einen Menschen und gibt somit seinem Dasein ein Ende, wird man verdammt, fortan ein Menschenleben zu führen."
„Hast du das die ganze Zeit über gewusst?", fragte sie entsetzt.
„Ich war mir nicht sicher gewesen, aber ich habe es gehofft."
„Ich glaube es nicht." Sie umarmte ihn ganz fest. Er war hier. Und er war echt.
„Meine Strafe wurde mir zum Geschenk", flüsterte er in ihr Ohr und strich ihr übers Haar. „Das fühlt sich komisch an", merkte er dann an.
Celestia schaute fragend zu ihm auf.
„Nicht zu wissen, was du denkst."
„Dann weißt du ja jetzt, wie es mir geht." Sie lächelte voller Schadenfreude.
„Sag es mir."
„Ich bin glücklich", antwortete sie nur.
„Oh, da fällt mir ein, ich habe etwas für dich." Er durchwühlte seine Jackentasche und holte schließlich einen Schlüssel heraus, den er Celestia überreichte.
„Was ist das?", fragte sie unschlüssig.
„Weißt du, ich habe mir das mit dem Apfelkuchen noch mal überlegt ... es scheint mir doch keine so schlechte Idee zu sein."

Sie neigte den Kopf schräg und zog die Augenbrauen fragend hoch.
„Wie wäre es, wenn wir ihn zum Highlight unserer Speisekarte machen?"
Sie schüttelte ungläubig den Kopf.
„Es gehört dir, Celestia."
„Aber, aber ... wie?"
„Es ist mein Geschenk."
„Das kann ich doch nicht einfach so annehmen."
„Oh, du wirst, weil du nämlich keine andere Wahl hast."
Celestia war sprachlos. Alles war gerade so perfekt, dass es sie überforderte. Sie konnte sich nicht erinnern, wann sie sich das letzte Mal so vollkommen gefühlt hatte.
„Du wirst nicht allein sein, Celestia", sagte er. „Ich werde da sein und zusammen werden wir das schon irgendwie hinkriegen."
„Ich danke dir", sagte sie. „Aber ich muss dich warnen, es wird nicht einfach werden."
„Das ist mir gleich. Es muss nicht einfach sein, um schön zu sein. Aber wenn du nichts dagegen hättest, würde ich einen Namen dafür vorschlagen?" Sie nickte aufgeregt und er beugte sich zu ihr vor, gab ihr einen sanften Kuss auf die Wange und flüsterte in ihr Ohr: „Zum Sterben süß."